Y DYN HANDI

Y Dyn Handi

SION WHITE

a CATRIN DAFYDD

Argraffiad cyntaf: 2008

Dymuna'r cyhoeddwyr gydnabod cymorth ariannol
Cyngor Llyfrau Cymru

Cynllun y clawr blaen: BBC

Rhif Llyfr Rhyngwladol: ISBN: 9781847710543

Cyhoeddwyd ac argraffwyd yng Nghymru
gan Y Lolfa Cyf., Talybont, Ceredigion SY24 5AP
gwefan www.ylolfa.com
e-bost ylolfa@ylolfa.com
ffôn 01970 832 304
ffacs 832 782

Pennod 1

"**D**im problem o gwbl, bydda i wedi'i wneud e mewn dim!" gwaeddodd Warren wrth iddo orwedd yn fflat ar lawr gan syllu ar yr Aga. Doedd e erioed wedi gweld Aga cyn hyn, heb sôn am drwsio un. Rhwtodd ei ddwylo llawn olew dros ei oferôls a byseddu drws chwith yr Aga. Rhuthrai ci bach hyll o'i gwmpas gan drio llyfu pen moel Warren o bryd i'w gilydd.

"O ffantastig, Warren, y'ch chi'n angel." Syllodd Gwenda i lawr arno fel petai hi wedi cyfarfod â'i thywysog. Winciodd Warren. Cododd ar ei eistedd a syllu arni. Roedd y tŷ yma'n hyfryd, digonedd o le a digonedd o olau'n llifo i mewn drwy'r ffenestri mawr. Roedd hi'n byw mewn byd mor wahanol i'w fyd e.

"William Eithin, dere 'ma at Mami!" Rhedodd y ci at ei feistres. Roedd e'n amlwg yn cael mwy o faldod na Warren ei hunan.

Canodd y ffôn a rhuthrodd Gwenda yn ei sodlau uchel drud i'w ateb, gan adael William Eithin ar ei ben ei hun ar lawr pren y gegin. A fu ci hyllach yn hanes y byd? Biti drosto, meddyliodd Warren gan chwerthin.

"Dau, un, un, dau, tri, chwech," canodd Gwenda'n hudol. Yna, atebodd hi'r alwad yn swrth gan ddweud nad oedd Doctor Gwyn i mewn a'i fod yn y syrjeri. Rhoddodd y ffôn yn ôl yn ei grud yn ddiamynedd.

"Blincin cwmnïau pharmaceuticals – maen nhw ar ôl Alwyn druan byth a hefyd."

Gwenodd Warren arni. Doedd ganddo ddim syniad am beth roedd hi'n sôn. Eto i gyd roedd e'n falch iawn o gael ei atgoffa mai doctor oedd Doctor Gwyn am y byddai'n rhaid iddo fforco mas yn go hegar wedi i Warren ddweud ei bris am drwsio'r Aga.

"Odych chi'n neud lot o waith yn lleol, Warren?"

Cododd Warren ar ei draed. "Odw, tamed bach o bopeth a gweud y gwir..." Ar hynny, syllodd Gwenda arno ychydig yn rhy hir.

"Dyn handi, y'ch chi?" meddai gan wenu, ac edrych dros ei holl gorff, heb sylweddoli ei bod hi'n gwneud. Gwenodd Warren, roedd ei llygaid glas hi'n pefrio drwy ei ffrinj melyn a brown.

"Ym, wel, potsian 'wy'n neud a gweud y gwir, ond os y'ch chi am ddweud 'mod i'n ddyn handi, mae hynny'n iawn 'da fi, Gwenda. Ga i'ch galw chi'n Gwenda, Gwenda?"

Roedd Warren yn gwybod yn iawn beth roedd e'n ei wneud, am fod ganddo'r gallu rhyfeddol o hudo merched dim ond wrth ddweud eu henwau. Sylwodd Warren fod ei choesau'n troi'n jeli a'i llygaid glas yn fflachio am eiliad wrth iddi roi ei bysedd drwy ei gwallt a chamu tuag ato. Doedd Warren ddim yn rhyw siŵr iawn beth fyddai hi'n wneud nesaf.

"Coffi?"

"Ym, te i fi os gwelwch yn dda. Tri siwgr."

Gwenodd Gwenda. Roedd hi'n hoff iawn o gael gweithwyr yn y tŷ achos roedd bod adref drwy'r dydd yn waith mor ddiflas. Ac oedd, roedd hi'n arbennig o falch o gael hwn yma heddiw, am ei fod e mor garedig wrthi.

Camodd Warren at fwrdd pren y gegin gan sylwi ar yr holl bethau oedd yn gorwedd yn flêr arno. Llythyron a pharseli i Dr Gwyn, ambell beg i roi'r dillad ar y lein, hanner baryn o siocled a phapur arholiad o ryw fath. Byseddodd y papur tra rhoddodd Gwenda'r tegil i ferwi, cyn troi'r radio ymlaen. Cerddodd William Eithin at sgidiau gwaith enfawr Warren a'u gwynto. Unwaith, ddwywaith. Cer i gythrel, meddyliodd Warren gan ystyried rhoi bwt yr yffarn iddo yn ei din.

"Exams. Ych. Gas 'da fi exams," anadlodd Warren yn ddwfn. "Sai'n credu 'mod i erioed wedi paso un, a gweud y gwir."

"O?"

"Wel, gweud y gwir, sa i'n credu 'nes i droi lan i'w sefyll nhw'n aml iawn."

Syllodd Gwenda arno am eiliad; doedd hi'n amlwg ddim yn gwrando ar air roedd e'n ei ddweud. Roedd hi'n rhy brysur o lawer yn syllu i mewn i'w lygaid.

Newidiodd Warren y pwnc. "Golygfa neis 'da chi. 'Mond tŷ Mrs Morgan drws nesa 'wy'n 'i weld drw ffenest bac y fflat."

"O?"

"A'r cachu ci sy wedi 'i ollwng ar y lawnt gan Mic drws nesa."

"Cachu ci?" Deffrodd Gwenda o'i breuddwyd.

"Mic. Y ci drws nesa."

Chwarddodd Gwenda a cherdded tuag at yr oergell i estyn am y llaeth. Erbyn hyn eisteddai William Eithin yn jocôs ddigon ar esgidiau mawrion Warren o dan y bwrdd.

"Arholiadau'r ferch."

Doedd Warren ddim yn siŵr am beth roedd hi'n sôn, cyn sylweddoli bod Gwenda wedi neidio'n ôl at eu sgwrs ychydig funudau ynghynt.

"Bydd arholiade 'da Siwan cyn bo hir. Dwi'n treial ei chael hi i sefyll yr ysgoloriaethau ar gyfer Aberystwyth."

"Ysgolo…?" edrychodd Warren arni'n hurt.

"Scholarship. I gael 'bach o arian poced i'w wario yn y coleg."

Cytunodd Warren, er nad oedd ganddo fe lawer o syniad am beth roedd hi'n sôn. Siawns na fydde angen mwy o arian ar Siwan i fynd i'r coleg gan fod ei thad hi'n ddoctor yn y pentref.

"Aberystwyth yn lle neis," eglurodd Warren. "Pybs lyfli."

"Oes, a gwestai hyfryd ar y ffrynt," meddai Gwenda wrth

roi cwpaned o de i Warren ac eistedd wrth y bwrdd.

"A rissoles gore Cymru…" Llyfodd Warren ei weflau.

"Rissoles?" holodd Gwenda. Cyfarthodd William Eithin.

Doedd dim pwynt ceisio egluro. Os nad oeddech chi'n gwybod yn ddeugain oed beth oedd rissole, roedd hi'n rhy hwyr dechrau dysgu amdanyn nhw. Roedd hon yn uffernol o posh, meddyliodd Warren. Roedd arian yn cwympo o'i phocedi. Yfodd y te'n hapus, er nad oedd digon o siwgr ynddo. Syllodd ar Gwenda a daeth syniad i'w feddwl. Daeth rhyw ysfa drosto. Peint. Roedd yn rhaid iddo gael peint.

"Peint," meddai'n uchel.

"Beth?" holodd Gwenda, wedi ei drysu'n llwyr wrth iddi drio agor y tun bisgedi drud.

"Ym, peint o olew. Bydd angen peint o olew arna i er mwyn… mynd ati gyda'r Aga."

"Iawn, dyna 'ny – mae olew yn y garej…"

"Na," meddai Warren, "bydd angen olew sbesial arna i. Peint o olew sbesial."

Gwthiodd ei gwpan ar draws y bwrdd gan adael ôl ei fysedd brwnt ar y tseina.

"Ddof i 'nôl ar ôl cinio? Os yw 'ny'n iawn?"

Cytunodd Gwenda, gan nodio a sipian ychydig o'i phaned. Doedd hi ddim yn deall pam ei fod wedi dewis codi yng nghanol ei baned, chwaith.

"O'r gorau. Dim problem, Warren." Cododd hi ac estyn am ei phwrs. "Bydd angen arian arnoch chi, felly."

Estynnodd Gwenda bapur decpunt i Warren ond gwthiodd ef ei llaw yn ôl.

"Na, wir i chi." Roedd ei chroen hi'n feddal braf, ac yn oer. Yn oer fel carreg. Teimlodd hithau ei groen yntau hefyd. Yn galed ac yn hagr.

"'Wy'n mynnu," meddai hi gan stwffio'r ddecpunt yn ddwfn i boced chwith ei oferôls.

Teimlodd Warren bleserau rhyfedd a gwenu. Os oedd

hon yn mynnu talu am 'beint o olew' iddo, roedd hynny'n ddigon teg. Ychydig a wyddai hi y byddai e'n gwario'r arian ar rownd i bawb yn y Ceff. Gwenodd, gan adael Gwenda a William Eithin yn gwmni iddi yn y tŷ. Gadael William Eithin wrth i hwnnw ddod dros y sioc o fwrw ei ben yn galed yn erbyn coes y bwrdd wedi i esgidiau gwaith mawr Warren roi hwb iddo i hedfan tuag at y cyfeiriad hwnnw. Gadael y tŷ a Gwenda'n meddwl am oferôls Warren – yn swp ar y llawr.

* * *

Y Ceff, ar ddiwrnod gwaith. Beth allai fod yn well? Roedd y bois yn aros amdano fel petaen nhw mewn drama a honno'n dechrau wrth iddo gamu dros y rhiniog. Yno, yn ôl eu harfer, roedd Cranc ei frawd, Dai Ci Bach a Clembo. Syllodd Cranc arno'n swrth.

"A faint o'r gloch o't ti fod 'ma, War?"

"Ie, ie, 'wy'n gwbod," meddai Warren gan chwifio'r tenar newydd yn uchel. "Peint?"

Cytunodd pawb, a Dai Ci Bach yn edrych arno'n syn. Creadur od oedd Dai Ci Bach. Boi, heb boen yn y byd. Yn chwe deg oed, ond fyddech chi ddim yn meddwl hynny chwaith. Roedd e'n gweithio, os mai dyna'r gair i'w ddisgrifio, i'r cownsil. Fe oedd yn casglu ugain ceiniog gan bawb fyddai'n defnyddio'r tai bach lleol. Yn yr haf roedd hi'n eithaf jobyn, ond yn y gaeaf bydde fe'n lwcus pe bai gwylan yn dod i mewn yno i gachu.

Gwenodd Warren ar Dai Ci Bach. Yn ôl ei arfer, roedd e'n gwisgo siwt am ei bod hi'n ddydd Mawrth. Dydd Mawrth a dydd Mercher roedd e'n gwisgo siwt am ei fod e'n siŵr mai ar ddydd Mawrth a dydd Mercher roedd y rhan fwyaf o bobl yn sylwi ar ei gilydd. Ei theori fe oedd fod pobl yn rhy brysur ar ddydd Llun yn dod i delerau â'r ffaith ei bod hi'n ddechrau'r wythnos. Ac erbyn dydd Iau byddai pawb yn rhy brysur yn edrych ymlaen at y penwythnos ac yn trefnu'r hyn roedden nhw am ei wneud. Roedd ei dai-cap ar ei ben bob dydd, wrth gwrs. Doedd e byth yn tynnu hwnnw oddi ar ei ben. Beth yn y byd oedd o dan y cap? Dyna roedd Warren yn dueddol o fecso amdano.

"Grr, pryd ry'n ni'n mynd i ymarrrferrr arrr gyferrr y champs te, bois?" cyfarthodd Dai.

Yn anffodus i Dai Ci Bach, dyna pam roedd e wedi cael yr enw twp hwnnw. Doedd e ddim yn gallu siarad yn dawel. Roedd e bob amser yn cyfarth ei eiriau ac yn rolio'i rrr mewn ffordd hyll ofnadwy. Doedd dim rhyfedd nad oedd e erioed wedi ffeindio gwraig. Syllodd Cranc ar Dai.

"Ie, ie, ni'n gwbod bod angen i ni bractiso. Drefnwn ni nawr."

Roedd mŵd yr yffarn ar Cranc heddiw, fel arfer. Roedd Warren yn hoff o'i frawd – doedd prin ddiwrnod yn mynd heibio heb i'r brodyr gwrdd â'i gilydd – ond roedd e hefyd yn mynd ar ei nerfau. Yffach, meddyliodd Warren, wrth edrych arno. Roedd Cranc yn mynd i edrych yn debycach i Dad bob dydd. Ond roedd hwnnw mewn Cartref erbyn hyn. Byddai eu mam yn gweud wrthyn nhw byth a beunydd mai eu tad oedd y boi mwyaf golygus yn yr holl bentref yn y 70au. Ac oedd, roedd Cranc yn ffitio'r disgrifad hwnnw i'r dim hefyd. Y diawl ag e.

"Lle ma Clembo?" holodd Warren, yn methu deall lle roedd y gweithiwr arall. Cranc, Clembo a Warren oedd yn gweithio gyda'i gilydd ar y jobsys i Gwmni Carcus Cyf. Er nad oedd fawr o glem ar Clembo.

"Yn y toilet," meddai Cranc. "Pam bo ti'n becso cymint? Ma'r boi'n ugen o'd, ac yn ddigon ffit i edrych ar ôl 'i hunan, glei."

Beth oedd wedi cnoi ei frawd y bore 'ma? Wrth gwrs fod Clembo'n ddigon hen i edrych ar ei ôl ei hunan, ond teimlai Warren gyfrifoldeb drosto o achos bod Jennie wedi diflannu mor ddisymwth, a gadael ei mab a gawsai cyn iddi fynd i fyw ato fe. Trodd ac edrych ar Magi wrth y bar.

"A shwt ma'n hoff fenyw i yn y byd 'te?"

Gwenodd Magi ac ordrodd Warren. Roedd Magi'n ddeg

ar hugain, yn dew ond yn bert, a'r gwir oedd ei bod hi wrth ei bodd â'r sylw a gâi gan Warren. Wrth ddisgwyl am ei rownd, syllodd Warren ar draws bar y dafarn. Roedd y Ceff fel dou dafarn gwahanol. Y bois lleol oedd yn yfed ar un ochr a'r lleill yn eistedd yr ochr draw – y dynion busnes, yr athrawon, y gwragedd nad oedd yn gweithio. Y cachwrs i gyd. A phwy oedd yn eistedd yno'n jocôs reit pnawn 'ma ond chwe chynghorydd sir ac un dyn busnes, Aneurin Pugh. Dyn busnes cyfoethoca'r pentref. Dyn cyfoethoca'r ochr hyn i Abertawe a gweud y gwir. Ac yn waeth na hynny, roedd e'n arfer bod yn yr ysgol gyda Warren. Yn yr un dosbarth. Cododd Aneurin ei law arno.

"Wel, jiw, jiw, Warren achan. Shwt ma bywyd yn dy drin di ar yr ochr arall?"

Chwarddodd y cynghorwyr i gyd a chododd Warren un o'r peintiau oedd newydd ei gyrraedd dros y bar.

"Da iawn diolch," meddai Warren, "a gwell byth 'fyd achos bod ti 'di prynu rownd."

Diflannodd gwên Aneurin wrth glywed y geiriau a diflannodd Warren yntau o'r bar, ei ddwylo'n llawn peintiau rhad a'i wyneb yn llawn gwên. Roedd gan y ddau ddyn eu hanes ac er nad oedd Warren yn gyfoethog, roedd e'n cofio ambell gyfrinach na fyddai Aneurin yn hoff iawn o'i glywed yn eu datgelu.

"Ma Bi newydd ffonio." Bi oedd y Bòs, doedd dim angen dweud mwy.

"Mae e'n meddwl ein bod ni i fod gyda Mrs Crooger?" holodd Cranc ei frawd. Doedd e ddim yn hapus o gwbl. Yn ôl y sôn, roedd Warren wedi cael galwad yn dweud hynny wrtho ben bore ond anghofiodd ddweud wrth Cranc. "Lle ti 'di bod drwy'r bore, Warren?"

"Jobyn," meddai Warren yn swrth.

"Arian i ti dy hunan ti'n feddwl, y diawl bach."

Roedd Warren yn dueddol o wneud gwaith ecstra o bryd i'w gilydd gan adael Cranc a Clembo i ddelio gyda jobsys swyddogol Cwmni Carcus Cyf. Bwrodd Dai Ci Bach ei ddwrn ar y ford.

"Prrryd y'n ni'n mynd i brrractiso arrr gyferrr y blincin champs?"

"So ti'n gwbod shwt ma fficso Aga wyt ti?" holodd Warren.

Doedd Cranc ddim hyd yn oed yn deall y cwestiwn. "Beth yw Aga?"

"Ffwrn posh," meddai llais y tu ôl i Warren wrth iddo eistedd. Roedd Clembo wedi dod yn ôl o'i daith i'r toilet. Chwarter awr o drip i'r toilet. Duw a ŵyr beth roedd e wedi bod yn ei wneud yno. Sut yn y byd roedd boi heb unrhyw glem am ddim yn y byd yn gallu egluro beth oedd Aga yn sydyn reit?

"Shwt ddiawl wyt ti'n gwbod 'na?" holodd Warren.

"Mam o'dd ishe un, pan o'dd hi'n byw gyda McCarthy."

Llyncodd Warren ei boer. Doedd e ddim yn lico clywed hanes Jennie, heb sôn am orfod clywed am y cariad oedd ganddi cyn iddo fe ddod ar y sîn. Gwenodd Warren. Roedd e'n casáu clywed amdani, er yn lico clywed ei henw hefyd. Roedd fel petai hi'n dal yno wrth i Clembo sôn amdani. Symudodd y sgwrs yn ei blaen.

"Nagw, gwbod dim am fficso Aga," meddai Cranc.

"Hm?" holodd Warren mewn rhyw fath o freuddwyd.

"Nagw, wir i ti," meddai Cranc, a'i lais yn feddalach y tro 'ma. Roedd e'n deall fod unrhyw sôn am Jennie'n troi meddwl Warren yn fŷsh.

"Y rrrownd darrrts!" meddai Dai Ci Bach mewn llais crintachlyd. "'Wy 'di clwed fod Damien Darts yn whare i dîm y Fflash leni, ac mae e'n yffach o waraewr."

Llowciodd Warren hanner ei beint.

"Yffach o waraewr 'fyd," meddai Clembo.

"Wel, sdim ots pryd dechreuwn ni dreino, dy'n ni ddim yn mynd i allu'i guro fe, odyn ni?"

"Nag'yn," meddai Clembo.

"Wel, sa i morrr siŵrrr," meddai Dai Ci Bach gan syllu'n obeithiol at y bwrdd dartiau oedd mewn stad ofnadwy ar y wal.

"Falle bod siawns 'da ni," meddai Cranc, a disgleiriodd llygaid Dai Ci Bach o dan ei dai-cap. "Os clymwn ni 'i freiche fe wrth ei gilydd, a gofyn iddo fe dowlu darts 'da'i drâd, dylen ni aller ennill."

Chwarddodd Clembo, Warren a Cranc ond aeth wyneb Dai Ci Bach yn gochach na choch. Ffrwydrodd.

"Rrrreit te! Os nag y'ch chi'n gallu cymrrryd y peth yn sirrriys, 'wy'n meddwl bydd yn rhaid i fi newid tîm. Rrreit?"

Roedd tynnu coes yr hen Dai Ci Bach yn lot o hwyl ond gwyddai'r brodyr pryd roedd angen callio hefyd. A'r pnawn 'ma, roedden nhw wedi gwthio'u cyfaill braidd yn rhy bell.

"Na, na," meddai Warren wrth i Cranc a Clembo yfed eu peintiau'n dawel. "Ti sy'n iawn, Dai, ma ishe i ni bractiso. A ti byth yn gwbod beth ddigwyddith..."

Diflannodd y cochni o fochau Dai ac edrychodd Clembo'n syn.

"Cweit reit, Warren," meddai Cranc gan godi'i law a chyffwrdd â'i ben fel petai'n gapten llong.

"Ody darts yn ancient sport?" holodd Clembo.

Syllodd Cranc ar Warren, a Warren ar Cranc. Ond anwybyddodd pawb y cwestiwn ac eistedd yn dawel, gan fwynhau gwaelodion eu diodydd.

"Un bach arall?" holodd Cranc, gan godi'i wydr.

Cytunodd pawb. "Ac wedyn bydd hi'n amser mynd yn ôl at yr hen wrach Mrs Crooger 'na. Ti'n gwbod, nath hi wrthod rhoid dished mewn cwpan i fi wythnos diwetha. Te pot jam ges i 'da hi. 'Na ti fenyw," meddai Cranc gan edrych ar Warren. Edrychodd yntau'n lletchwith ar ei frawd.

"Ym, ie."

"Ti'n dod 'nôl gyda ni pnawn 'ma, 'yn dwyt ti?"

Cododd Warren ei ysgwyddau. "Dria i 'ngore, ond ma 'da fi jobyn i gwpla. Ar yr Aga."

"Ond smo ti'n gwbod beth yw Aga, heb sôn am 'i fficso fe."

Gwenodd Warren yn ddireidus. "Ishe bach o olew sy ar un Gwenda Gwyn, gwraig y Doc."

Edrychodd Cranc arno a chwerthin fel bachgen bach. Roedd e'n deall yr holl awgrymiadau. Doedd dim lot o'i le ar yr Aga ta p'un i; roedd Gwenda Gwyn yn smart, ac ar ben hynny i gyd, ro'dd hi'n graig o arian.

Pwysodd Cranc ar y bar. "Wel, er mwyn y mowredd, tria fod nôl erbyn pedwar – ma Crooger yn dishgwl i ni gario'r sment mixer i mewn i'r bac a sorto ambell beth ynglŷn â'r wal. Alla i byth â'i neud e ar 'y mhen 'yn hunan bach."

Cododd Clembo'i law. "Ond bydda i 'na i dy helpu di."

"Ar ben 'yn hunan bach," meddai Cranc wedyn wrth i Clembo suddo'i wddwg i mewn i'w ysgwyddau'n ddigalon.

Ar hynny, agorodd drws y bar, a daeth cysgod dros y ffenest. Bronwen oedd yno. Bronwen fronnog, enfawr. Bronwen fenyw boenus. Bronwen yn boen yn y pen-ôl. Ac yn bennaf oll, Bronwen gwraig y Bòs. Bronwen gwraig Bi.

"A beth yffach y'ch chi'n meddwl y'ch chi'n neud fan hyn ganol pnawn?"

"Ma ishe cino ar bawb, achan," meddai Warren yn ddiamynedd.

Trodd llygaid Bronwen yn fain gan rythu ar Cranc a Warren. "Ma dishgwl i chi gadw'ch orie. A nage fi sy'n gweud 'na, ond yr other half."

Yr other half, meddyliodd Warren. Yr other-blincin-half. Dyna beth oedd hi'n ei alw fe. Roedd hi fel pit-bull ar dennyn, yn cael ei rheoli gan ei pherchenog. Roedd Bi yn foi peryglus, roedd hynny'n wir. Ond roedd ishe byw 'fyd 'yn doedd?

"Iawn, iawn, Bronwen fach," meddai Cranc gyda'r gair 'fach' yn dân ar ei chroen hi. Er gwaetha'r ffaith ei bod hi'n eu casáu nhw, roedd hi'n amlwg yn ffansïo Cranc hefyd. Roedd hi'n anodd peidio. "Sortwn ni bopeth. Byddwn ni 'nôl gyda Crooger... Crooger mewn dim. Ocê?"

Meddalodd Bronwen ryw ychydig. "Sen i'n meddwl 'ny 'fyd."

Diflannodd y cysgod a llifodd yr haul drwy'r ffenestri unwaith eto.

* * *

Erbyn i Warren gyrraedd yn ôl yn y tŷ mawr ar ben y bryn, roedd Gwenda wedi newid i'w jogyrs.

"Dwi'n mynd i yoga nes ymlân, ti'n gweld," meddai hi wrth glymu'i gwallt yn ôl.

"A'r Doc? Ydy'r Doc yn mynd i yoga hefyd?" holodd Warren yn ddiniwed.

"Dydy'r Doc yn gwneud dim byd ond gweithio," meddai Gwenda gan awgrymu'n glir nad oedd yn tendio at bethau mwyaf pwysig bywyd.

"O?" holodd Warren gan bwyso tuag at yr Aga coch tywyll ac esgus gwneud ei waith. Gallai weld Gwenda'n pwyso am y llyfr ffôn gan ddangos siap ei phen-ôl drwy'r jogyrs. Roedd e'n dipyn o ryfeddod a gweud y gwir. Yna, calliodd, a mynd nôl i feddwl am ei waith.

"Ro'n i wastad wedi ffansïo mynd i yoga fy hunan 'fyd. Martial art yw e ontyfe. Cwpwl o 'chops' fan hyn a cics fan draw."

"Ym, ie," meddai Gwenda, "mewn ffordd, ond bod yoga yn llawer mwy i neud gyda ymlacio 'na hynna a bod yn onest."

Anwybyddodd Warren ei geiriau gan bwyso draw ryw ychydig at y pibau olew ac esgus ei fod yn dal wrthi'n gneud ei waith.

"O'dd Mam, heddwch i'w llwch hi, yn un am y pethe 'na 'fyd. O'dd hi'n ymweld â fortune teller bob dydd Mercher. Talodd hi gannodd i'r fenyw 'na. Ac un dydd, diflannodd hi heb weud bw na be wrthi. Cannodd wedi mynd, cofia."

Doedd Gwenda ddim yn siŵr iawn a oedd hi wedi deall. Gafaelodd hi yn William Eithin a chwarae gyda'i fol.

"Dere 'ma, 'mabi bach i. Ti ishe mwythe gan Mam, nagyt ti?"

Am eiliad, teimlai Warren yn flin drosti. Menyw sy'n rhoi gormod o fwythau i'w chi yw'r fenyw sy ddim yn cael digon o sylw gan ei gŵr, meddyliodd. Roedd William Eithin yn mynd ar ei nerfau fe'n lân.

"Pwy fydd yn mynd gyda ti i yogi, 'te?"

"Yoga."

"Sori?"

"Yoga, nid yogi."

"Yoga 'te, gyda pwy ti'n mynd? Falle galla i weud wrth Bev, 'yn whâr i."

"Do'n i ddim yn gwybod bod chwâr 'da ti," meddai Gwenda'n syn, "ro'n i'n meddwl mai ond ti a Cr…"

"Cranc, ai. Carl yw enw iawn Cranc, twel, ond smo fe'n lico'r enw. A Bev yw'n whâr i."

"Bev?"

"Ti'n siŵr o fod yn gwybod pwy yw hi. Hi o'dd yn gneud cino yn yr ysgol gyda Martha Tsips."

"O, Bev," meddai Gwenda, gan swnio fel petai hi'n edrych i lawr ar chwaer Warren. Sylwodd Warren ddim ar hynny.

"Ai, Bev, hi sy'n 'yn cadw ni gyda'n gilydd. Ma ddi'n seren. Wedi cael amser caled, cofia, ond ma ddi'n dod trwyddi."

"O?" holodd Gwenda, ond roedd ei llais hi'n lleddf erbyn hyn. Cododd Warren ei ben a bwrw'i gorun ar faryn yr Aga.

"Aw! Ti'n iawn, Gwenda? Be sy?"

Roedd hi'n dal i chwarae gyda bol William Eithin, ond gallai Warren weld ei bod hi'n crio. Aeth ati, yn reddfol.

"Sdim ishe ypseto, ym…" doedd Warren ddim yn siŵr iawn beth i'w wneud. Byddai'n casáu gweld menywod yn crio, am nad oedd e'n gwybod sut i'w handlo nhw. Roedd e'n cofio teimlo fel hyn pan fyddai Jennie'n ypseto.

"Dim ypseto ydw i, cael allergy ydw i – wedi bwyta gormod o fara amser cinio. Smo gwenith yn cytuno 'da fi."

"Ti'n siŵr?" holodd Warren gan syllu ar Gwenda a hithau'n edrych yn druenus ddigon ar y llawr gyda William Eithin.

Roedd y ci bach hunanol yn joio cael ei fwytho, heb sylwi o gwbl fod ei berchennog yn drist.

"Stori neis, dyna i gyd, stori neis dy fod ti a dy frawd a dy chwaer yn... yn dod mlân mor dda."

Yn sydyn, sylweddolodd Warren fod y wraig hon yn unig. Tynnodd ei ddwylo rhofiau dros ei oferôls a phwyso i lawr ati.

"Sdim ishe meddwl gormod am bethe, o's e. Ac yn fwy na 'ny, smo pethe'n berffeth i neb."

"'Wy'n gwbod," meddai Gwenda gan sychu'i llygaid a chodi gan adael Warren ar lawr.

"Beth licech chi gael i swper, Warren?"

"Smo hi'n amser te 'to," atebodd gan edrych ar ei oriawr. Roedd hi'n dri o'r gloch, bron iawn yn amser mynd at Cranc yn nhŷ Mrs Crooger, meddyliodd.

"Nagyw, ond 'wy eisiau coginio rhywbeth i chi, er mwyn cael dweud diolch."

"I ddweud diolch am beth?" holodd Warren, wedi ei ddrysu'n lân.

"Am gadw cwmni i mi, Warren. Mae'n golygu lot i fi, chi'n gwbod. Mae Siwan a Carys yn Llangrannog yn edrych ar ôl plant blwyddyn 7, a dyw e'r Doc ddim yn dod gatre tan marce naw unrhyw noson."

Dim ond gwneud jobyn oedd Warren, ond roedd hon yn ei gyfri fe fel ffrind. Er bod masgara dros ei bochau hi erbyn hyn roedd hi'n dal i edrych yn bert.

"Be gewch chi, gwedwch? 'Naf i ryw fath o tapas i ni?"

"Taps?" Daeth golwg wedi drysu dros wyneb Warren.

"Neu beth am..."

"Chip butty?" holodd Warren yn obeithiol.

Gwenodd Gwenda. "Chip butty amdani," meddai gan estyn i'r rhewgell. Cododd Warren ei galon.

"Oven chips yw hi yn tŷ ni cofiwch, dim byd yn cael ei ffrio mewn saim."

Doedd Warren ddim yn deall pam y byddai unrhyw un yn y byd yn dewis bwyta oven chips ond cyhyd â bod sos coch ganddi, byddai popeth yn iawn.

Wrth gwrs, doedd dim sos coch ganddi, ond nofiai'r tsips mewn ryw sos chilli melys o Sbaen. Er i Warren deimlo gwres y stwff ar ei dafod, roedd e'n falch iddo aros i gael swper wrth i'r ddau gadw cwmni i'w gilydd gan syllu ar ei gilydd yn garedig. Efallai nad oedd yr Aga wedi'i drwsio, ond roedd ambell beth arall wedi'i drwsio, o leia.

* * *

Yn y diwedd wnaeth e ddim gadael Ty'n Graig a mynd nôl at y bois, ac roedd y ffaith iddo wneud nodyn yn ei ben mai 'Ty'n Graig' oedd enw'r lle yn arwydd ei fod e'n gobeithio treulio mwy o amser yno yn y dyfodol. Treuliodd weddill y noson yn gorwedd ar y soffa yn y fflat yn syllu ar ryw gêm ddi-ddim o bêl-droed. Yng nghefen ei feddwl roedd e'n gwybod fod yn rhaid iddo agor y post. Gorweddai'r amlenni ar y mat ar y landing, ond gwnâi'r syniad o'u hagor iddo deimlo'n dost. Yfodd gan o Carling a suddo'n ddyfnach i mewn i'r soffa frown. Ffoniodd Cranc yn cwyno na wnaeth e gyrraedd tŷ Mrs Crooger a ffoniodd Clembo fe hefyd. Doedd gan Clembo fawr ddim i'w ddweud, ond roedd e'n amlwg yn unig ac eisiau sgwrs fach gyda'i dad dros dro.

Wedi i Warren orffen y can cwrw a throi'i gefn ar y teli, llanwyd e â digon o hyder i agor yr amlenni. Tri llythyr gan wahanol fanciau oedd yno. Un yn dangos nad oedd fawr ddim yn ei gyfrif, un yn dangos ei fod e'n gorwario'n gythreulig ar ei gerdyn credyd a'r llall yn dangos ei fod yn y coch ar gyfrif arall. Taflodd y cwbwl ar lawr a gwthio un neu ddau o dan y mat. Pam bod Jennie wedi ei adael ar yr amser gwaethaf posibl? Pam ei bod hi wedi gadael iddo wario'n ddwl arni ddydd a nos, cyn diflannu drachefn? Llanwodd ei lygaid â dagrau o dristwch a brysiodd yn ôl at y soffa. Ond doedd e ddim yn hapus ar y soffa chwaith. Gwibiodd i'w ystafell wely a newid i'w byjamas. Sylwodd fod ei ddwylo'n dal yn frwnt, yr olew wedi llenwi'r craciau ac yn amlwg o dan ei ewinedd, ond doedd ganddo ddim amynedd i fynd i'r stafell molchi.

Rhoddodd ei ben ar y gobennydd ac estyn ei law at y cwpwrdd. Agorodd y drâr ac estyn llun o Jennie. Roedd ei gwallt hi'n dal yn gyrliog ac yn olau, a'i gwên yn dal i'w hudo. Edrychodd ar ei gwefusau, ac ar y smotyn tywyll ar ei gwddf. Sylwodd, fel y byddai'n ei wneud bob nos, ar ei thrwyn twt ac ar y mwclis aur oedd yn gorwedd mor berffaith ar ei bronnau. Yna, rhoddodd gusan cyflym i'r llun cyn ei wthio o dan y glustog arall. Cwrlodd yn belen, ei ddwylo brwnt yn cydio'n dynn yn y glustog, a chysgu.

Pennod 2

Chlywodd Warren mo'r cloc larwm cyntaf yn canu. Efallai fod gan y ffaith iddo lyncu ambell dabled cysgu ganol nos ar ôl cael hunllef rywbeth i'w wneud â hynny. Ond beth bynnag, clywodd yr ail ganiad.

"Warren, y diawl, cwyd!" Ei frawd Cranc oedd yno, yn ei dynnu o'i wely. "Mae'n ddeg o'r gloch, a ma ishe dy help di heddi."

Ceisiodd Warren ysgwyd y cwsg o'i ben. "Ocê, ocê, beth yw'r hast?"

"Dangosa i ti beth yw'r hast mewn muned," meddai Cranc yn grintachlyd, gan dowlu trowsus, crys ac oferôls at ei frawd yn ddiamynedd. "Be sy'n bod arnot ti'r dyddie 'ma? Smo ti o gwmpas dy bethe o gwbwl."

Gafaelodd Cranc yn y pecyn o dabledi a orweddai ar y cwpwrdd wrth ochr y gwely.

"Beth yw rhain?" Byseddodd nhw, a darllen. "Pam ddiawl wyt ti'n cymryd rhain?"

Wrth i Warren wisgo'i drowsus, meddai, "Dim byd, jyst help i fi gysgu weithie, 'na i gyd."

"Smo ti'n cymryd rhagor o rhain," meddai Cranc, y brawd bach, yn awdurdodol gan eu pwsho nhw'n ddwfn i mewn i boced ei oferôls.

Dilynodd Warren ei frawd a'i gwt rhwng ei goese gan estyn am becyn o grisps o'r gegin yn gyflym cyn neidio i mewn i'r fan. Wrth iddyn nhw deithio, rhoddodd Cranc dâp o Bon Jovi yn y chwaraewr, ond wnaeth e ddim bloeddio canu fel y byddai'n ei wneud o bryd i'w gilydd.

"Beth yw'r brys te?"

"Sdim pwynt i fi egluro, bydd angen i ti weld gyda dy lyged dy hunan," meddai Cranc yn grac, "ond tra bod munud gyda ni, cofia bod ni'n practiso yn y Ceff heno, ar gyfer y champs."

"Ie, ie, 'wy'n gwbod," meddai Warren, "er bod dim gobeth 'da ni."

"Ti 'di newid dy diwn," meddai'r brawd golygus. "Ti wedodd wrth Dai bod ishe i ni bractiso."

"Ie, ie, 'wy'n deall 'ny, fydden i byth yn gweud yn 'i wyneb e nago's gobeth 'da ni, fydden i?"

Tawelodd y sgwrs. Roedd Cranc wedi deffro ar ochr anghywir y gwely'r bore 'ma 'to, a Warren yn cael trafferth deffro o gwbl. Cyfuniad ofnadwy. Wrth i'r ddau yrru i mewn tuag at stad dai'r Wenfro, holodd Warren beth fyddai'n eu hwynebu.

"Mrs Crooger wedi colli 'i limpyn?"

"Dim cweit," meddai Cranc, "ond mae Clembo wedi ypseto."

Neidiodd Warren o'r fan a cherdded at y tŷ. Hen ast oedd Mrs Crooger os buodd un erioed. A dyna lle roedd Clembo yn eistedd yn erbyn drws y garej gyda'i freichiau'n dal ei goesau. Teimlai hwnnw fel petai'n mynd i gael row gan athrawes yn yr ysgol.

"Be sy 'di digwydd?" holodd Warren yn ofalus.

"Nage fy mai i yw e," meddai Clembo gan syllu ar ei dad dros dro.

"Nage dy fai di yw e byth bythoedd."

Ond doedd dim angen i Clembo egluro dim. Wrth i Warren syllu ar dŷ Mrs Crooger, gallai weld nad oedd hi mas o flaen y tŷ. Gobeithio ei bod hi'n ddigon pell mewn rhyw gwrdd yn y capel. Ond sylwodd ar y pyst haearn tal wedi eu gosod yn ofalus o gwmpas dreif Mrs Crooger. Roedden nhw wedi'u gosod yn ofalus iawn, ac roedden nhw'n ymddangos yn dwt ac yn daclus. Yn amlwg roedd Crooger wedi gofyn iddyn nhw osod pyst o gwmpas y dreif er mwyn diogelu ei choncrit hi.

Yn anffodus i Clembo, doedd e ddim wedi ystyried y ffaith bod angen gadael gap rhwng y bollards er mwyn i'w char hi allu mynd mewn a mas o'r dreif.

"Y ffŵl!" meddai Warren.

"Smo ti 'di sylwi ar y peth gwaetha 'to," meddai Cranc wrth gario darnau o goed o gefn y fan.

Cododd Warren ei ben. Roedd car Mrs Crooger yn y dreif, a'r pyst o'i amgylch.

"Ble ddiawl ma hi 'te? Digon pell, gobeithio." holodd Warren.

"Na, ma hi yn y tŷ'n ca'l dished gyda Madam drws nesa, a bydd rhaid i rywun fynd miwn ati i esbonio."

"Tynnwch y pyst lan, tynnwch nhw mas nawr!" gwaeddodd Warren wrth i Clembo ostwng ei ben i'w gôl a rhoi'i ddwylo dros ei ben.

"Haws gweud na neud. Bydd yffach o fès ar y dreif os newn ni 'ny. Bydd tarmac dros bob man."

"Damo," meddai Warren gan edrych ar Clembo. Roedd yn hanner ystyried lobio'r ffŵl ar ei ben gydag un o'r darnau o goed oedd ym mreichiau Cranc, ond teimlai'n flin drosto hefyd. Ac yn waeth fyth, roedd e'n teimlo cyfrifoldeb.

"Sa i'n gwbod pam ry'ch chi'n dishgwl i fi ddelio 'da'r peth," meddai Warren.

"Sa i'n gofyn i ti, ond ti sy'n gorfod gweud wrth hwn y bydd yn rhaid iddo fe ymddiheuro wrthi."

Syllodd Warren ar Clembo; roedd golwg digon truenus arno fe o hyd.

"Smo fe'n mynd i allu gneud, Cranc. 'Drych arno fe."

"Wel sa i'n mynd i neud," meddai Cranc gan gerdded oddi yno a'r coed yn dal yn ei freichiau. "Na, dyw hi ond yn iawn iddo fe ddelio gyda'r crap. Fe sy wedi gneud y mès, a rhaid iddo fe wynebu 'ny neu neith e byth ddysgu."

Anadlodd Warren yn ddwfn ac edrych ar ei frawd. "'Wy'n credu dylet ti fynd i egluro, Cranc; ti o'dd 'ma gyda fe."

"No wê José. Fe sydd ishe gweithio 'da ni, wedyn ma

angen iddo fe gymryd y fflac 'fyd. Ma Bi a Bronwen wedi rhoid jobyn iddo fe – allwn ni byth â sgwyddo'r baich drosto fe drwy'r amser."

"Iawn, fe a' i i drio sorto pethe."

"Warren, y diawl. No wê. Wy 'di dod i dy nôl di er mwyn i ti neud i hwn sortio'i brobleme'i hunan. Nage dy nôl di er mwyn i ti fod yn fam iddo fe."

"'Wy'n deall 'ny, ond…"

Trodd Cranc yn gas wrth daflu'r coed ar lawr a cherdded at gefn y fan i estyn rhagor. "'Na fe, yr un hen Warren. Cachu mas 'to. Unrhyw beth i ga'l bywyd rhwydd."

"Nage 'na beth yw hyn."

"Na, ti'n sy'n iawn," meddai Cranc, wrth i Clembo godi'i ben yn araf o'i gôl a syllu ar y ddau yn dadlau. "Smo fe'n ffit i ddelio 'da unrhyw beth, wedyn gwell i ti'i foli-codlan e. Sychu'i ben-ôl e."

Syllodd Warren ar ei frawd. Gwyddai Warren ei fod e'n iawn. Cyfrifoldeb Clembo oedd hyn, ond doedd dim angen i Cranc dynnu arno fe ac yntau'n eistedd yno yn gallu clywed popeth.

"Iawn, iawn. Ie, ie," meddai Warren, gan ddechrau gwylltio erbyn hyn. Doedd e ddim yn beio neb, ond doedd e ddim yn hapus ynghylch y sefyllfa chwaith. Ac yn waeth na'r cwbl, roedd e'n casáu Crooger. Draig oedd hi – menyw â gormod o arian a gormod o feddwl. Gormod o bopeth, a gweud y gwir. Roedd hi'n newid ei meddwl bob wip-stitsh 'fyd, a hynny oedd cas beth adeiladwyr. Newid ei meddwl am liw y paent ar y wal, newid ei meddwl am faint o'r gloch roedd hi eisiau i'r bois gyrraedd. Newid ei meddwl am bopeth dan haul.

Cerddodd yn araf tuag at y tŷ er mwyn ceisio ennill ychydig mwy o hyder. Taflodd Cranc y coed ar lawr yn swnllyd a gweiddi. "Hei, Warren!"

Trodd Warren, "Be nawr?"

"Cofia fod 'da ti'r gift of the gab, partner!"

Dim ots pwy oedd yn fficso'r busnes hyn ar ddiwedd y

dydd, roedd angen ei sortio, a'i sortio'n iawn er mwyn achub cam pawb. Y peth dwethaf fyddai unrhyw un ei eisiau fyddai fod Bi'n clywed unrhyw beth am yr hanes.

Gwenodd Warren. Roedd e wedi eu palu nhw o ambell dwll dros y blynyddoedd, ond gwyddai fod y sefyllfa hon yn wahanol. Roedd Crooger yn hen ast, a doedd hi ddim yn mynd i dderbyn unrhyw esgusodion.

Cnociodd ar y drws yn betrus. Daeth Crooger i'w agor yn syth, fel petai hi wedi bod yn disgwyl amdano.

"Ie?" holodd a'r croen rhwng ei thrwyn a'i gwefus uchaf yn crynu'n afiach. Roedd blew yno hefyd, ond doedd Warren ddim am edrych yn fanylach.

"Mrs Crooger, shwt mae pethe heddi?"

"A ie, chi yw'r un di-olwg," meddai'r ast. "Be chi ishe? Mae Doris wedi galw 'ma – cyfarfod o Neighbourhood Watch."

Doedd Warren ddim yn gallu peidio sylwi ar ddoniolwch y sefyllfa. Tra bod cyfarfod Neighbourhood Watch yn y gegin, roedd y bois wedi gwneud yn siŵr na fyddai unrhyw un yn gallu dwyn ei char hi o'r dreif ta beth.

"Sori, sa i'n mynd i'ch styrbo chi'n hir."

"'Swn i'n meddwl 'fyd."

"Jyst ishe siecio ambell beth gyda chi odw i. Mae Cranc... Carl... mae e wedi dod â'r coed er mwyn codi'r ffens rhwng y garej a'r ardd gefn. A hefyd, ry'n ni wedi gosod y pyst yn eu lle ar y dreif."

"Gwrandewch Warren, does gen i ddim amser i glywed eich bod chi'n gwneud popeth 'wy wedi gofyn i chi neud. Siarades i gyda'r Bòs bore 'ma a chwyno 'ych bod chi'n llawer rhy ara deg yn gneud y gwaith. A beth bynnag, lle roeddech chi ddoe?"

"Hm!" meddyliodd Warren. Doedd hon yn colli dim. Edrychodd Warren dros ei hysgwydd i mewn i'r tŷ er mwyn cael cyfle i feddwl am ateb. Tŷ hen berson oedd e, ond damo, roedd e'n glyd. Yn binc a peach i gyd. Yn ddigon twym 'fyd. Roedd ei gŵr hi wedi hen adel y ddaear, ond roedd e wedi gadael clamp o dŷ i'r hen fenyw. Doedd e ddim yn iawn o gwbl fod hon yn cael shwt balas i fyw ynddo fe, a Bev yn byw mewn fflat oedd yn llawer rhy fach iddi hi a'i phlant. Cofiodd ei ateb.

"'Wy ddim wedi bod yn rhy dda. Annwyd. Sonioch chi ddim wrth y Bòs?"

Anwybyddodd hi'r cwestiwn. "Warren, beth yn union sydd eisiau arnoch chi?"

"Wel," gwenodd Warren. Roedd y darn nesaf 'ma yn mynd i weithio fel jôc fach, er mwyn braenaru'r tir. "Chi'n gweld ry'n ni wedi gosod y pyst." Newidiodd ei dacteg. "Faint o iws odych chi'n 'i neud o'r car, Mrs Crooger?"

"Eitha tipyn. Sa i ishe'i werthu fe, os mai dyna beth sy 'da chi mewn golwg."

"Na, na, dim o gwbl," atebodd. "Diawl o beth yw cadw car yn ddiogel, ontyfe."

"Chi'n iawn; wedi'r cyfan, ry'ch chi'n byw yn eu plith nhw, on'd y'ch chi? Ma'r lladron 'ma'n bla. Ishe cynnig gosod rhyw system larwm y'ch chi, tyfe? Wel, no thank you very much."

"Dim o gwbl, Mrs Crooger, fydden i ddim yn breuddwydio neud 'ny. 'Wy wedi ffindo ffordd o gadw'ch car chi'n yffach o saff." Roedd Warren yn siŵr y byddai jôc fach fel hyn yn ei gwneud hi'n haws delio gyda hi.

"O?"

"Os edrychwch chi drwy'r ffenest, fe welwch chi ein bod ni wedi gosod pyst yr holl ffordd o gwmpas y dreif, wedyn ma'ch car chi mor saff ag y galle unrhyw gar fod a gweud y gwir."

Tawelwch. Syllodd Mrs Crooger ar y car. Syllodd yn ôl ar Warren. Ydy hi'n mynd i chwerthin? Ydy hi? Yna, yn sydyn, chwarddodd Crooger yn uchel. Doedd Warren erioed wedi gweld ei dannedd hi o'r blaen.

"Wel, myn brain i. Ydy'n wir. Mae'n saff. Doris!"

Doedd Warren ddim yn gallu credu fod Crooger yn meddwl ei fod e o ddifri'n dweud fod hynny'n beth da. Ond doedd e ddim yn mynd i gwyno chwaith. Daeth ei ffrind ar wib o'r gegin, ar ei ffyn. Roedd hon yn hyllach na Crooger hyd yn oed, ac yn gwisgo siwt werdd ddrudfawr.

"Mae'r gweithwyr wedi gwneud gwyrthiau, Doris! Edrychwch ar y car. Mae'n gwbl saff!"

Syllodd yr hen fenyw drwy'r ffenest cyn troi i edrych ar ei ffrind.

"Ydy, ydy, ydy. Iawn, y'ch chi'n iawn."

Syllodd Doris ar Warren. Roedd hi'n deall yn well na'i ffrind, ond wedodd hi 'run gair.

Gwenodd Warren fel giât a rhoi ei ddwylo'n ddwfn i mewn yn ei oferôls. Wrth adael y tŷ a dychwelyd at y bois, estynnodd fraich at Clembo a'i dynnu i fyny ar ei draed.

"Da iawn ti, boi. Ti 'di plesio'r Neighbourhood Watch."

Stopiodd Cranc ei waith ar y ffens ac edrych ar ei frawd. "So ti o ddifri, wyt ti? Ti 'di sorto popeth?"

"Popeth," meddai Warren gan winco.

"Y diawl bach," meddai Cranc, gan wenu. "Warren, y diawl," meddai gan siglo'i ben mewn anghredinedd.

* * *

Safodd Warren yn amyneddgar yn y ciw. Roedd e'n casáu swyddfeydd post. Pawb yn trafod busnes ei gilydd. Pawb yn edrych i weld beth roedd pawb yn ei wisgo. Byth ers i Jennie ei adael roedd e'n gwybod yn iawn fod llawer o bobl yn meddwl bod ei fywyd bellach yn fès. Roedd chwaer Jennie'n byw yn y pentref, a byddai hi'n gweithio yn swyddfa'r post o bryd i'w gilydd. Gobeithio na fyddai hi yno. Doedd dim dewis ganddo ond dod i mewn heddiw; doedd dim modd osgoi hynny. Roedd rhyw chwe phecyn ganddo i'w hala i wahanol bobl dros Bi ac roedd angen iddo brynu carden pen-blwydd i Bryn Bach, mab Bev, yn ddwyflwydd oed. Mewn ffordd ryfedd, credai ei fod yn cosbi'i hunan wrth ddod i'r lle 'ma. Roedd pethau ofnadwy wastad yn digwydd iddo pan fyddai'n galw yno.

"Rhif 8 os gwelwch yn dda, number 8 please," bloeddiodd llais Sulwyn Tomos dros y Tannoy ac aeth Warren ar ei union i ddelio â'r baich o becynnau yn ei freichiau. Ond wrth gwrs, diawlodd ei lwc wrth fynd yn syth i ffau'r llewod. Pwy oedd yn sefyll y tu ôl i'r gwydr ond Muriel, chwaer Jennie.

"Duw, Miw, sut wyt ti?"

Syllodd Muriel arno'n druenus, yn yr un hen ffordd. Yn gyntaf, byddai'n edrych yn syth i mewn i'w lygaid er mwyn gweld faint o gwsg roedd e'n gael cyn edrych i lawr ar ei fogel. Os oedd e'n denau, yna doedd e'n amlwg ddim yn bwyta digon ers i Jennie ei adael ac os oedd e'n dew roedd e'n amlwg yn yfed gormod ers i Jennie droi'i chefn arno. Doedd dim modd ennill mewn gwirionedd. Yr unig fendith oedd nad oedd y ddwy yn edrych yn debyg i'w gilydd o gwbl. Er bod rhai nodweddion tebyg o ran eu personoliaethau, yn gyffredinol doedden nhw ddim fel petaen nhw'n perthyn.

"Warren. Sut wyt ti?"

Cwestiwn twp, meddyliodd Warren gan wenu arni.

"Iawn, grêt a gweud y gwir. Ga i hala rhain?"

"Wrth gwrs. Rhywun ar y sîn, Warren?"

Pam fod hon yn ailadrodd ei enw drwy'r amser? Doedd Warren ddim yn deall. Ac am gwestiwn i'w ofyn beth bynnag.

"Na, neb sbesial," meddai gan wthio un o'r pecynnau o'i blaen hi. "Ga i hala hwn i Essex?"

"Essex?"

"Ie, parti gwaith sy'n mynd at ryw bartners." Doedd hyn yn ddim busnes iddi hi beth bynnag.

Gwenodd Miw. Yna, dyma hi'n rhoi ei throed ynddi go iawn. "'Wy'n gwbod bod Jen yn ddiolchgar iawn bo ti'n carco Clem iddi."

"Dim carco Clem ydw i, mae'n digwydd gweithio i'r un cwmni â fi."

"'Wy'n deall 'na," meddai Miw gan roi'r stampiau yn eu lle ar y pecyn wedi iddi ei bwyso, "ond 'wy'n gwbod fy hunan

27

faint o waith all Clem fod."

Doedd Warren ddim yn hoffi'r ffordd roedd y sgwrs yn datblygu. "A'r pecyn 'ma 'fyd, plîs, Miw." Gwthiodd becyn arall tuag ati. Caeodd hithau ei cheg. Doedd e ddim yn hoffi'r syniad fod Jennie mor ymwybodol ei fod e'n cadw llygad ar Clembo iddi. Nid dyna oedd y pwynt. Nid dyna oedd y pwynt o gwbl. Wedi iddo orffen talu, trodd Warren i edrych yn ôl ar y rhes o bobl oedd yn dal i aros yn amyneddgar am gyfle i hala'u stwff, a sylwodd ar Gwenda. Daliai gwpwl o amlenni yn ei llaw ac roedd William Eithin yn dynn ar dennyn. Postio ceisiadau scholarship i'w merch, siŵr o fod. Gwenodd hi arno'n ddireidus a chododd ei galon yn syth.

Aeth i sefyll wrth y cardiau pen-blwydd a chofio nad oedd wedi prynu carden i Bryn Bach, mab Bev. Dyma chwilota am ychydig cyn teimlo llaw yn gafael yn gadarn yn ei ben-ôl.

"Wel, helô, dyma beth yw sypreis bach neis."

"Duw a ŵyr pwy ffeindi di yn y Post Office," meddai Warren gan wenu a rhoi winc.

"Diolch i ti am ddoe," gwenodd Gwenda gan ostwng ei llygaid at y llawr.

Syllodd Warren arni a sylwi iddi gyfeirio ato fel 'ti'. "'Nes i ddim byd. Shwt ma Wil?" Edrychodd ar y ci oedd yn gwynto'n nerfus o amgylch sgidiau gwaith mawr Warren.

"Ma Wil yn iawn, er bod ishe torri'i wallt e yn y salon cyn bo hir."

Edrychodd Warren ar Gwenda gan ddisgwyl gweld cysgod gwên ar ei hwyneb. Ci yn cael torri'i wallt mewn siop? Roedd hi o ddifri'n llwyr am y peth. Gwenodd Warren yn ôl.

"Ma'r boi hyn yn cael ei drin yn well nag ambell ddyn," meddai gan edrych ar y ci.

Trodd Gwenda at ei ffrind newydd a rhoi ei llaw ar ei fraich. Roedd Warren yn synnu iddi wneud a hithau mewn lle cyhoeddus, ond sylwodd neb.

"Gall y boi hyn gael triniaeth llawer gwell na William, os ydy e'n moyn."

Er ei bod yn siarad Cymraeg mwy posh nag e, roedd Warren yn deall yn iawn beth oedd ganddi mewn golwg. Dechreuodd gyffroi i gyd.

"Reit," meddai Warren gan wenu.

"Wel, 'na'r peth lleiaf allen i ei gynnig i ti a thithe wedi trwsio'r Aga i mi."

Trwsio'r Aga meddyliodd, nath e ddim byd o gwbl. Dim yw dim a dweud y gwir.

"Fficso'r Aga, o ie. Ti'n iawn, y peth lleia allet ti neud."

"Wedyn, ma ishe i ti drwsio'r sinc heno, dyn handi. Ti'n meddwl allet ti bopo draw i ware 'da'r pibe?"

Edrychodd Warren arni a'i lygaid yn fawr.

"Y dyn handi at eich gwasanaeth," meddai Warren cyn gafael mewn carden i Bryn Bach a brysio 'nôl at y ciw. Roedd tipyn gydag e i'w wneud cyn y gallai ymlacio gyda Gwenda Gwyn heno 'ma. A gore po gynta bydde fe'n bwrw ati i'w gwneud nhw.

* * *

Dou frawd a chwaer. Dyna fuon nhw erioed. Cranc a Warren fel rhyw fath o efeilliaid drygionus a Bev yn cadw trefen arnyn nhw. A dyna lle ro'n nhw y noson honno, yn eistedd gyda'i gilydd yn jocôs reit o gwmpas y bwrdd bwyd. Roedd Bryn Bach yn sgradan ym mreichiau ei fam a Samantha'n chwarae ar y llawr gyda doli fach frwnt yr olwg.

"Ma Dad yn iawn, ond ma ishe i chi fynd i'w weld e'n amlach," meddai Bev wrth fagu Bryn Bach a thrio estyn hufen iâ o'r pot mawr.

"'Na i, 'na i fe i ti," meddai Warren gan dynnu'r hufen iâ o'i dwylo a dechrau taflu darnau mawr melyn i mewn i fowlen Cranc.

"Digon, digon myn!" meddai Cranc. "Ma rhai ohonon ni'n trial cadw'n ffigyr, ti'n gwbod."

"Be ti'n trial weud?" holodd Warren gan edrych i lawr ar ei fola.

Eisteddodd y tri gyda'i gilydd am ychydig gan fwyta'r hufen iâ.

"So ti'n dal i weld yr Anwen 'na wyt ti, Carl?" holodd Bev, oedd wedi hen chwerwi â'r syniad y gallai dynion a menywod gyd-fyw'n gariadus gyda'i gilydd. Roedd tad Samantha wedi ei gadael ers tipyn, a'r gwir oedd nad oedd hi'n siŵr iawn pwy yn union oedd tad Bryn Bach. Ond doedd neb yn sôn am hynny.

"Ma hi'n galw amdana i heno – moyn dod i watsho ni'n ymarfer darts."

"Beth?" meddai Bev. "Yn y chweched dosbarth mae hi, Carl. Wyt ti off dy ben yn parêdan hi ambythdi'r lle fel 'na?"

"Hi sy'n dewis dod, Bev. Gall y merched 'ma byth resisto tamed bach o Cranc, allan nhw!"

Chwarddodd Warren yn uchel. "Watsha di, gwd boi; chwarae'n troi'n chwerw, 'na beth ma'n nhw'n weud."

"Ti'n un da i siarad," meddai Cranc wedyn, wedi chwerwi ryw gymaint.

Cododd Bev ei phen o'i bowlen hufen iâ, a Bryn Bach yn eistedd yn hapus yn ei chol erbyn hyn.

"Ie, ie, Bryn Bach, hufen iâ pen-blwydd. Pen-blwydd yn ddwy. Ie, ie. Pwy yw'r ferch lwcus 'te, War? Ti'n fy synnu i, mae'n rhaid cyfadde."

"Sdim neb i ga'l, oreit?" Claddodd Warren ei lwy yn yr hufen iâ a cheisio anwybyddu'r mater.

"Na, na, 'wy'n moyn gwbod," meddai Bev. "Y peth lleia allet ti neud yw gweud wrtha i a finne wedi neud shwt sgram i swper i chi."

Dechreuodd Bev esgus pwdu gan syllu'n ddisgwylgar ar ei brodyr. Yna daeth Cranc i'r adwy, yn wên o glust i glust.

"Mesan obiti gyda'r dosbarth canol ma hwn."

Doedd Bev ddim yn edrych yn bles o gwbl. "Pwy yw hi? Ti ddim yn gneud rwbeth y byddi di'n difaru gobeithio, War. Sdim ishe cymysgu gyda'r siort 'na. Y siort sy'n watsio *Pobol y Cwm*. Y siort Welshy Welsh 'na, y siort sy'n edrych lawr 'u trwyne arnon ni."

"Smo Gwenda'n edrych lawr 'i thrwyn ar neb," meddai Warren gan syllu ar Bev, er ei fod yn cofio ymateb Gwenda i'r ffaith iddo ddweud ei fod yn frawd i Bev oedd yn coginio yn yr ysgol fach.

"Gwenda. Gwenda pwy yw hon?" holodd Bev, yn drwyn i gyd gan arddangos holl grychau ei hwyneb wrth holi.

"Gwenda, gwraig Doc Gwyn," meddai Cranc yn blwmp ac yn blaen.

"Gobeithio bod y stori 'na ddim yn wir," meddai Bev gan orffen y sgwrs yn y fan a'r lle.

"Sa i hyd yn o'd wedi'i chusanu hi 'to."

"Sa i'n moyn gwbod," meddai Bev yn swrth. "Sa i'n lico honna, sa i erioed wedi'i thrystio hi. Ma ddi'n member o Merched y Wawr."

"So?" heriodd Warren hi gan godi'i lwy o'r bowlen. Roedd hyn yn ddigon o arwydd ei fod e'n ei hoffi hi. Ond roedd hyn wedi ypseto Warren am fwy nag un rheswm. Yn gynta, doedd e ddim am ystyried y ffaith bod llun Jennie'n araf ddiflannu o'i feddwl.

"Dyw e ddim byd fel 'na. 'Bach o hwyl fydd e, yw e."

"Fydd e," meddai Bev, "wedyn ti'n barod i gyfadde bod y stori'n wir. Watsia di na neith hon 'to dorri dy galon di, War. 'Wy'n gwbod yn iawn nad wyt ti wedi dod dros Jennie 'to. Watsia na fyddi di'n cael dy hunan mewn mwy o fès nag wyt ti wrth dreial anghofio amdani."

Gwyddai Warren fod ei chwaer fach yn llygad ei lle, er nad oedd e'n hoffi'r ffaith iddi ddod mor agos at y gwir. A gwylltiodd.

"Paid ti â meiddio sôn am y fenyw 'na yn y tŷ 'ma 'to, ti'n deall! 'Wy wedi anghofio'n llwyr amdani hi, reit?"

"Iawn," cytunodd Bev, er nad oedd hi'n amlwg yn credu hynny.

"Iawn," meddai Warren, yn benderfynol o gael y gair olaf. "'Wy ishe i chi ddeall bo fi'n symud mlân. Gwastraffes i ormod o amser 'da'r fenyw 'na. So ddi'n rhan o 'mywyd i rhagor, reit?"

"Ond ma Clem yn dal yn rhan o dy fywyd di," meddai Bev yn dawel. Sodrwyd Warren yn ei sedd.

Edrychai Cranc yn llawn embaras. Roedd y ffaith fod ei frawd yn sôn o hyd ac o hyd am y peth yn arwydd clir bod ei fywyd yn dal yn fès heb Jennie. Ddwedodd e 'run gair, am ei fod e'n gwbod nad oedd dim gwerth mewn trafod rhai pethau.

Aeth y lle'n dawel, yna canodd y gloch. Roedd Bryn Bach yn edrych fel petai mewn stad o sioc yng nghôl ei fam yn dilyn yr holl anghytuno. Cododd Cranc.

"Anwen fydd 'na. Wela i di yn y Ceff? Ma Damien Darts a criw'r Fflash wedi casglu tîm anhygoel at ei gilydd yn ôl y sôn," nododd Cranc yn awdurdodol.

"'Na ti," ond gwyddai Warren nad oedd e'n bwriadu mynd yn agos at y Ceff i'r ymarfer darts am fod Gwenda'n aros amdano yn Nhŷ'n Graig. Diflannodd Cranc a gwelodd Warren gynffon cot goch Anwen, y ferch ysgol, wrth iddi gasglu'i chariad newydd, llawer hŷn na hi.

Eisteddodd Bev a Warren gyda'i gilydd am eiliad. Yna, cododd Bev a dechrau clirio.

"'Wy ddim yn deall pam y'ch chi'n treulio gymint o'ch amser yn y twll lle 'na. Mae e'n llyncu'ch arian chi."

"Tamed bach o hwyl yw'r Ceff," meddai Warren gan geisio helpu'i chwaer i gasglu'r llestri, er nad oedd e'n fawr o help iddi.

"Gad rheina, War, 'na i neud nhw ar ôl i ti adael." Trodd Bev at Sam oedd yn chwarae ar y llawr. "Sam, ti'n moyn ice-cream? Ice-cream melyn? Iym!"

Anwybyddodd Sam hi gan wthio'r ddoli front drwy'r polion pren yn y gadair. "Sam moyn pi-pi, " meddai.

"Dim nawr, Sam, wedyn ocê?"

Edrychodd Warren ar ei chwaer. Roedd Sam newydd ofyn am gael mynd i'r tŷ bach.

"Ma ddi newydd weud 'i bod hi eisie mynd i'r toilet, Bev."

"Naddo," medde hi. "Pi-pi yw 'i henw hi am siocled am ryw reswm. Wedyn, ma ddi'n meddwl 'mod i'n mynd i'w roid e iddi'n haws wrth iddi iwso enw gwahanol 'wy'n meddwl."

Syllodd Warren ar ei chwaer – roedd magu plant yn fyd cymhleth.

"Pethe'n dynn ar hyn o bryd?" holodd Bev, gan edrych ar Warren.

"Dim yn wa'th nag arfer, pam 'yt ti'n gofyn?"

"Dim rheswm," meddai Bev gan roi Bryn yn ei gadair uchel a rhedeg dŵr i mewn i'r sinc. Cwynodd Bryn Bach a throi'n biws.

"Ma Bryn yn troi'n biws," meddai Warren.

"Paid â becso, mae e'n neud 'na er mwyn ca'l sylw," meddai Bev cyn i Warren benderfynu na fyddai'n dweud gair am y plant eto. Roedd ei chwaer yn amlwg yn gwybod yn union beth oedd eu hanghenion nhw.

"Digon 'da ti i dalu rhent y mish hyn?" holodd Bev yn betrus.

"O's. Pam ti'n gofyn?"

"Carl sy 'di sôn bo' rhaid i ti helpu Clem mas weithie."

Chwaraeodd Warren gyda'i ddwylo gan geisio peidio â gwylltio'i chwaer.

"Dyw Clem ddim yn ennill lot fel 'helpwr', twel. Wedyn, odw, 'wy'n rhoid tamed bach ecstra at ei bae e."

"Ond ma digon o fils 'da ti i'w talu dy hunan. Fi'n siŵr bo' ti'n dal yn y coch ers i Jennie adael."

Safodd Warren yn ei unfan, heb hyd yn oed droi'i ben i edrych ar ei chwaer. "Wyt ti wedi bod yn y fflat?"

"Pwy ti'n meddwl sy'n cadw'r lle'n hanner teidi?"

Tarrodd Warren ei law yn galed ar y bwrdd a dechreuodd Bryn Bach grio.

"Drych beth 'nes ti nawr!"

"Sdim hawl 'da ti fynd i'r fflat, Bev!"

"Ma allwedd 'da fi," meddai hi gan roi'r clwtyn o'r neilltu ac estyn am Bryn Bach am fod hwnnw'n beichio crio erbyn hynny.

Meddai Warren yn bedantig, "Ma allwedd gyda ti ar gyfer emergencies, Bev!"

"Nagyw bod yn y coch yn emergency, 'te?"

Gwylltiodd Warren ymhellach gan godi ar ei draed. "Cadwa dy drwyn mas o 'mhethe i. Paid â trial bod yn fam i fi."

Llanwodd llygaid mawr Bev â dagrau. Roedd Sam yn dal i gwato o dan y bwrdd, ac yn eistedd mewn pwll o bi-pi erbyn hyn.

"'Wy'n meddwl taw ishe pi-pi *o'dd* Sam wedi'r cwbl," meddai Warren, gan adael y gegin, a'i chwaer a chau'r drws yn glep ar ei ôl.

* * *

Pan gyrhaeddodd Warren Ty'n Graig teimlai'n ddigon diflas. Ond eto i gyd teimlai fel petai rhywun yn edrych i lawr arno, yn bod yn garedig wrtho ac am roi'r cyfle iddo geisio mwynhau ei hunan am awr fach o leiaf. Roedd y drws yn gilagored pan gyrhaeddodd. Tybed beth ar wyneb daear oedd yn ei aros y tu ôl i'r drws hwnnw.

Wrth gyrraedd y lolfa, sylwodd ar fenyw yn gorwedd ar y soffa'n bert mewn gŵn nos euraidd. Gŵn nos goch llachar fyddai gan Jennie. Ond roedd hon yn llawer mwy safonol, yn fwy chwaethus, ac yn lot drutach siŵr o fod.

Aeth Warren yn syth at y soffa gan gydio yn Gwenda a'i chusanu. Yna, edrychodd o amgylch y lle am William Eithin.

"Lle mae William?" holodd gan edrych o dan y soffa a hyd yn oed rhwng plygiadau gŵn nos euraidd Gwenda. Chwarddodd hi, am ei fod e'n ei choglis hi, cyn dweud, "Mae William Eithin yn y conservatory."

Cododd Warren ei aeliau ac edrych ar y Dduwies oedd o'i flaen ar y soffa.

"Ti'n edrych yn gorjys."

"Diolch. Tithe'n edrych yn smart heb dy oferôls," meddai Gwenda'n chwareus.

Roedd yn amlwg iddo ei phlesio wrth ddweud ei bod hi'n edrych yn brydferth. Doedd Warren ddim yn siŵr a oedd y Doc yn llwyr werthfawrogi'n union beth oedd ganddo'n aros amdano bob nos ar ôl dod adre o'r syrjeri. Yn sydyn, gosododd Gwenda ei gwefusau coch ar wefusau sychion ei gweithiwr a dechreuodd y ddau gusanu'n awchus.

"'Wy wedi gwneud swper i ti hefyd," sibrydodd Gwenda'n rhywiol.

"'Wy wedi bwyta," meddai Warren heb ystyried parhau â'r rhamant.

"O, ond mae pwdin yn y ffrij i ti. Cer i weld."

Cododd Warren ar ei draed a llusgo'i gorff draw at y gegin. Agorodd y ffrij gan ddisgwyl gweld mefus. A champagne hefyd, efallai. Roedd e wedi gwylio gormod o ffilmiau gwael fel *Dirty Dancing*, *Cocktail* a *Pretty Woman*. Yno'n aros amdano roedd roli-poli jam mewn cwdyn meicrodon. Doedd e ddim yn deall. Estynnodd amdano a'i ddal o'i flaen cyn mynd i'r lolfa.

"Hwn o't ti'n meddwl?"

"Ie," meddai hi, "wel, ar ôl y chip butty ddoe ro'n i'n treial meddwl am y math o bwdin fyddet ti'n ei ffansïo."

Gwenodd Warren arni. Roedd e'n ddiolchgar ond yn teimlo sarhad y peth hefyd, a hithau wedi gorfod meddwl amdano fe a'i siort e o bobl mewn ffordd wahanol. Nid dyma'r math o bwdin roedd hi wedi arfer ag e.

"'Wy'n lico strobris 'fyd," meddai Warren.

Chwarddodd hithau. "'Wy'n sori, bydden i wedi cael mefus i ti tasen i ond wedi sylweddoli."

Rhoddodd Warren y roli-poli jam ar lawr a mynd i fwynhau ei roli-poli bach ei hunan, gyda'i fenyw newydd.

Wrth iddo wneud, diolchodd i bwy bynnag am ganiatáu i hyn fod yn bosibl. Roedd e angen ymlacio, anghofio am ei deulu, anghofio am ei siort e o bobl. Am heddiw. Ac am heddiw, am ddeng munud bach o leiaf, cafodd ddychmygu ei fod yn rhan o fyd hyfryd y ffrijis mawr, yr Agas a'r menwod mewn gynau nos euraidd. A theimlai'n reit gyfforddus yn y byd newydd hwn 'fyd...

Pennod 3

"'Cause I'm your lady, and you are my man!" Bloeddiodd Warren y gân dros y gegin wrth eistedd mewn cadair siglo fawr. Roedd potel o San Miguel wedi'i hagor ar y bwrdd pren a William Eithin yn rhedeg fel banshi gwyllt o gwmpas y cadeiriau. Yfodd Warren ddrachtiaid arall o'r cwrw oer gan edrych drwy'r ffenestri mawr dros gefn gwlad Sir Gaerfyrddin.

"This is the life!" gwaeddodd yn uchel. Roedd Gwenda wedi mynd ar drip gyda'i ffrindiau i Gaerfaddon – Bath i Warren, Caerfaddon i Gwenda. Doedd hi ddim yn ffansïo mynd â William Eithin ar y trip hir gyda hi ac felly cytunodd Warren warchod y ci am ffi braf o £100. Can punt am warchod ci a hwnnw yn ei dŷ ei hun! Chwarddodd Warren. Pe bai'r Doc yn galw heibio, cawsai orders i fynd yn syth at y sinc ac esgus gweithio ar y pibau, ond fel arall roedd ganddo ryddid i wneud fel y mynnai. Roedd e'n hanner ystyried mynd ati i wylio rhyw ffilm ar Sky yn nes ymlaen ond, am y tro, roedd e'n hapus yn y gegin yn synfyfyrio ac yn dychmygu ei fod yn byw yno.

Ar ôl ychydig, estynnodd i'w boced a thynnu un o'r llythyrau cochion gan y banc. Edrychodd ar y ffigurau breision cyn rhwygo'r llythyr a'i daflu i mewn i'r bin. Ar y rât 'ma, yn gwarchod cŵn, byddai'n siŵr o dalu'r dyledion yn ôl yn ddigon clou.

Crynodd ei ffôn. Dai Ci Bach oedd yno, ar pay-phone y Ceff.

"Warrren, boi. Misest ti yffach o trrraining session pwy nosweth. Wyt ti ar ga'l i neud cwpl o rownds mewn awr?"

Eglurodd Warren nad oedd e ar gael ond, ryw ffordd, llwyddodd Dai Ci Bach i berswadio Warren y byddai'r mynydd yn dod at Mohammed.

"Gwed ti lle'r wyt ti, a bydda i 'na 'mhen dim. Ma borrrd sbesial 'da fi sy'n porrrtable, twel."

Eglurodd Warren ei fod yn Nhy'n Graig, ac ymhen yr awr roedd Dai wrth y drws, a'r bwrdd portable o dan ei fraich.

"Lle posh 'da ti Warrren."

"Edrych ar ôl y ci 'yf fi."

"O rrreit," meddai Dai wedi drysu'n lân. Roedd hi'n ddydd Iau heddiw, felly roedd Dai yn ei ddillad arferol. Roedd ei dai-cap yn dal yn sownd ar ei ben.

"Bishi yn y toilets heddi, 'de?"

"Sneb ishe cachu ar ddydd Iou," meddai Dai yn blwmp ac yn blaen cyn gosod y bwrdd dartiau i fyny ar gefn y drws oedd yn arwain o'r gegin at y lolfa. "Perrrffaith."

Ar ôl ryw awr o gêm, penderfynodd Warren fod angen hel Dai o'r tŷ cyn iddo dowlu dŷd-dart at y drws. Roedd hwnnw'n hapus ei fyd ar ôl cael ymarfer, beth bynnag. Yn wir, roedd y peth bron iawn fel cyffur iddo. Eisteddai William Eithin yn llawn braw o flaen yr Aga. Doedd e ddim yn trysto Dai Ci Bach am ryw reswm. Efallai mai rhywbeth i'w wneud â'i enw oedd e. Chwyrnai ar Dai o bryd i'w gilydd, gan wneud i Dai rowlio chwerthin dros bob man.

"Pŵdl bach twp – mae e'n rrhy fach i ladd llygoden fowrrr," meddai wrth i Warren geisio deall union ergyd y llinell. Taflodd Warren un o'r dartiau. "Ti'n dal i fod yn playerrr bach perrrt, wharrre teg i ti."

Celwydd noeth oedd hyn, ond roedd yn rhaid i Dai Ci Bach freuddwydio er mwyn meddwl fod yna obaith o gipio'r gwpan yn y Champs.

"Ma'rrr twrrnament wthnos nesa cofia." Tynnodd Dai ei gap yn dynnach am ei ben. "O'dd dy dad di'n arrrferrr bod yn playerrr bach net 'fyd. Shwt ma fe?"

"Iawn," oedd ateb Warren er ei fod e'n teimlo'n euog na

allai wynebu mynd trwy ddrysau'r Cartref i'w weld. Gwthiodd
Dai o'r tŷ ac agor San Miguel arall. Aeth yn ôl i eistedd wrth
ford y gegin ac ymlacio. Edrychodd i lawr ar William Eithin
ac yna ar yr ardd drwy'r ffenest. Edrychai'r gwair mor llyfn a
gwyrdd ac roedd haul mis Mai yn gwahodd.

"Dere 'te, Mr Eithin, ti'n ffansïo walkies?" Symudodd
William ddim. Yn sydyn roedd e wedi penderfynu eistedd ar
ei ben-ôl ar bwys yr Aga.

"Dere mlân," ceisiodd Warren ei berswadio. "Beth am
whare pêl 'te, hm?" Deffrodd y gair pêl ddychymyg ei gyfaill
newydd a neidiodd William i'r awyr yn wyllt.

"Pêl. Pêl? Ti'n deall y gair pêl wyt ti? Pêl? Pêl!" Grêt,
meddyliodd Warren. Roedd hyn fel cael mab ond bod y ci'n
llawer iawn haws ei drin.

Allan â'r ci a Warren, drwy ddrysau mawr y lolfa i un o erddi
gorau Sir Gaerfyrddin. Tŷ newydd sbon oedd Ty'n Graig, gyda
digonedd o le o'i amgylch. Tŷ newydd o frics coch. Tŷ newydd
drud. Dyma chwilota ymysg y cloddiau am bêl a ffeindio un
yn y diwedd. Wrth ddangos y bêl i William, newidiodd y ci
ei bersonoliaeth a dangos ei ddannedd. Canodd ffôn Warren
yn ei boced ac estynnodd amdano'n gyflym. Fflachiodd enw
Cranc i fyny'n wyrdd a phenderfynodd Warren ei anwybyddu.
Gwyddai o'r gorau fod yna lawer o waith i'w orffen yn nhŷ
Mrs Crooger – ond tra bod Cranc a Clembo yno, a bod neb
yn gwybod lle yn union roedd e, doedd dim siawns y gallai
golli ei swydd. Ciciodd y bêl at William yn hyderus. Ymhen
tipyn, daeth William yn ôl o'r clawdd a gollwng y bêl o flaen
ei ffrind newydd. Siglodd ei gynffon yn ôl a blaen, a dangos
ei dafod. Roedd y ddau hyn yn bondio go iawn heddiw. Er
hynny, roedd rhyw olwg rhyfedd yn llygaid William. Golwg
oedd yn dweud, 'Cmon boi, cicia'r bêl yn bellach, rho sialens
i fi. Wyt ti'n ddigon o ddyn i wneud?'

"O'r gore, ti ishe cic a hanner, wyt ti boio?"

Gwenodd Warren ar ei ffrind a theimlo'r haul yn llosgi'i
ben moel yn goch. Tynnodd ei goes yn ôl a rhoi cic a hanner

i'r bêl. Ond nid taro'r bêl wnaeth Warren, ond cico William. Hedfanodd y ci bach fel darn o glwtyn ar draws y lawnt ac i ganol y clawdd.

"Iyffach," meddai Warren, "ma'r puppy 'di marw!"

I ble'r aeth y pŵdl bach? Llanwodd corff Warren â phryder a theimlai'n sâl. Roedd y ci wedi derbyn yffach o gic ond roedd y bêl yn dal yn ei hunfan ar y lawnt. Rhedodd Warren at y clawdd. Chwiliodd a chwiliodd. Cododd ei ben yn uchel i edrych dros y clawdd. Gwaeddodd enw'r ci bach.

"William Eithin! Paid â whare gême nawr gwdboi. Os 'yt ti mas 'na, dere 'nôl. Er mwyn dyn!"

Dim smic. Doedd dim golwg o'r ci bach egnïol. Dim golwg o'i wallt cyrliog, a dim siw na miw i'w glywed oddi wrtho chwaith. Nid crio oedd y peth aeddfed i'w wneud yn y sefyllfa hon, ond serch hynny teimlai Warren ei wefus isaf yn crynu. Yna, stopiodd a dechrau dychmygu'r sefyllfa uffernol. Wyneb Gwenda pan fyddai hi'n dod adre o'i thrip, a'r tristwch yn ei llygaid hi. Ymateb pobol y pentref. Y penawdau yn y papurau newydd. Roedd Warren wedi lladd ci bach. Wedi ei gicio i Dimbyctŵ. Warren yn llofrudd. Ceisiodd ystyried ei gamau nesaf. Lladd ei hunan? Un opsiwn efallai, er ychydig yn ddramatig. Rhedeg i ffwrdd i'r Isle of Man? Opsiwn arall, ond braidd yn ddrud. Prynu ci newydd a cheisio perswadio Gwenda mai fe oedd William Eithin? Bingo. Mae'n bosib iawn y gallai hynny weithio am fod William Eithin yn gi mor fach a thwt. Cododd oddi ar ei bengliniau a rhuthro drwy'r tŷ at y car. Roedd ei Ford Fiesta'n aros amdano ar y dreif a gyrrodd fel ffŵl i'r siop anifeiliaid anwes yn y pentref. Gweddïodd wrth fynd.

"O Dduw mawr, so i'n gofyn lot yn aml, ar wahân i'r adege pan fydda i'n gofyn i Jennie ddod yn ôl adre. Plîs, plîs allwch chi neud yn siŵr fod yr hyn 'wy ei angen yn y pet shop. Bydd arna i ffafr i chi wedyn. Plîs, Dduw."

Gyrrodd am y pentre a pharcio'i gar yn un o'r strydoedd cefn. Anadlodd yn ddwfn, cyn anelu am y siop. Plîs, Dduw meddyliodd.

* * *

Cyn i Warren fentro i mewn i'r siop anifeiliaid anwes, crynodd ei ffôn yn ei boced unwaith eto. Cranc oedd yno, a phenderfynodd fod yn rhaid iddo ei ateb y tro yma. Difarodd yn syth.

"Lle ddiawl wyt ti, War?"

"Sorto rhwbeth mas," oedd ateb diplomataidd a gonest Warren.

"So 'na'n ddigon da. Ma ishe i ti fod lan 'ma!"

"Bydda i lan 'na'n hwyrach, 'wy'n addo, boi," meddai Warren wrth lygadu drws ffrynt y siop. Gallai weld fod yno hysbysebion di-ri am gŵn ar werth, ond roedd hi'n anodd canolbwyntio ar y sgwrs gyda Cranc a cheisio gweld oedd pŵdls bach ar werth. Ceisiodd beidio meddwl am y peth am eiliad, a delio gyda Cranc yn gyntaf.

"Ma Bronwen newydd fod 'ma, ac ma Bi wedi clywed bo ni ddim wedi gorffen gyda Crooger 'to. Nath y bitsh ei ffonio fe'r bore 'ma."

"Reit," meddai Warren wrth geisio penderfynu beth oedd y peth gorau i'w wneud.

"Reit? Ife 'na i gyd sy 'da ti i weud? 'Yn ni mewn trwbwl gwboi. Os nag y'n ni'n cael ein gweld yn gorffen contract mewn pryd, bydd y diawl yn mynd at rywun arall. Galle fe 'yn saco ni'n rhwydd."

Sobrodd Warren, "Ai, ocê, iawn, 'wy'n deall. Gad e 'da fi."

"'Wy'n meddwl 'i bod hi 'di mynd yn rhy hwyr i ryw whîlo-dîlo fel wyt ti'n 'i neud, War."

"Iawn," meddai Warren gan ddiffodd ei ffôn a gadael ei frawd yn dal i glebran.

Camodd i'r siop, gan sythu'i oferôls gystal ag y gallai.

Tincl. Canodd cloch y siop wrth iddo gerdded i mewn, a daeth gwynt bwyd anifeiliaid a gwellt i'w drwyn. Aeth yn syth at y cownter, fel dyn ar bigau'r drain a chodi'i ben. Yno'n sefyll y tu ôl i'r cownter roedd menyw tua deugain oed gyda gwallt melyn cyrliog. Yn union fel pŵdl ei hun a dweud y gwir. Gwenodd hithau gan ddangos rhes o ddannedd gwyn perffaith. Roedd colur yn blastar ar ei hwyneb, ond eto i gyd roedd hi'n eithriadol o bert. Ar ei gên, roedd un ddafaden ac roedd un glust yn uwch na'r llall. Roedd hi'n berffaith – jyst iawn.

"Iawn dalin'? Shwt alla i dy helpu di? Bwyd byji, hamster, cocatŵ?"

Pesychodd Warren gan edrych arni'n chwithig. "Y, dim cweit, ma tamed o emergency 'da fi a gweud y gwir."

Crychodd y fenyw ei llygaid a throi'i phen fel ci. "Ydw i wedi dy weld di yn rhwle o'r blaen?"

"Naddo," oedd ateb Warren. "Wel, falle, ond sa i wedi dy weld di."

"Eniwei, gwed beth ti ishe 'te, dalin'."

"Ci," meddai Warren.

"Ci?"

"Ie, ci. Ishe ci bach. Pŵdl."

"Ond smo ni'n gwerthu cŵn."

Suddodd ysgwyddau Warren.

"Ci? Pwy sydd eisiau pyrnu ci? Hm?" Daeth menyw fowr i'r golwg. Menyw fowr gyda gwallt hir du hyd at ei phen-ôl. Roedd hi wedi bod yn pwyso ar un o'r silffoedd yn gosod peli ac esgyrn rwber i gŵn yn eu trefn.

"Jiw, weles i monot ti, Sharon fan'na."

"Sdim lot o bobl yn gweud 'na amdana i," meddai honno. "Ci, na, sdim cŵn 'da fi na Sue fan hyn. Ma ishe i ti fynd yn breifet, wyt ti wedi edrych ar y drws?"

Eglurodd Warren iddo wneud. Teimlai'r argyfwng yn llenwi'i gorff a gwingai bysedd ei draed yn ei esgidiau.

"Beth wyt ti, bildar…?" holodd yr un fowr.

"Warren."

"Bildar yntyfe, Warren?" holodd yr un fowr wedyn.

"Ie, 'na chi, ond taw ishe ci sydd arna i heddi."

Câi'r fenyw fowr lot o hwyl wrth wylio Warren – roedd hi'n mwynhau gweld dynion yn gwingo. Tonig am y dydd oedd rhywbeth fel hyn a dweud y gwir.

Trodd Sue i edrych ar yr un fowr. "Sharon, stopa dynnu'i go's e. Mae e'n amlwg ishe ca'l gafel ar un yn go cwic."

Gwnaeth Warren arwydd diolch gyda'i ddwylo.

"Sa i'n moyn gwbod beth sy wedi digwydd, ond ma lot o bobl yn 'y nhylwth i'n gwerthu cŵn. Mwngrels y'n nhw gan fwyaf."

"Pwy? Y tylwth?" holodd Sharon yn chwareus. Edrychodd Sue arni'n gandryll.

"Grêt!" Daeth ebychiad o geg sych Warren. "Unrhyw beth!"

"Ond ro'n i'n meddwl taw pŵdl oddet ti ishe?" meddai Sue, a golwg wedi drysu braidd ar ei hwyneb.

Sugodd Warren ei wefus drachefn, "Ie, ie pŵdl. 'Wy angen pŵdl."

Pwysodd Sue dros y cownter gan ddangos pâr o fronnau syndod o fywiog o dan ei thop glas. Estynnodd am bâr o sbectols cul a'u gosod nhw'n araf ar ei thrwyn. Mwynhâi Warren ei gwylio hi'n mynd obyti'i phethe.

"Ma cwpwl o rife fan hyn," meddai hi. Alla i byth ag addo eu bod nhw'n gwerthu pwdls, ond maen nhw'n deffinit yn gwerthu cŵn pedigri. Set you back cofia."

"Sdim ots 'da fi, unrhyw beth!" meddai Warren gan ddechrau symud yn ôl ac ymlaen fel petai angen mynd i'r tŷ bach.

"Jiw, ma Warren yn despret," meddai Sharon gan chwerthin yn uchel a gwasgu un o'r peli rwber nes iddi wichian yn uchel.

"Tria hwn," meddai Sue, gan wincio arno. "Mr Watson, Cae'r Geiliog, lan top hewl Picadili."

"Alla i byth â mynd ato fe! Torrodd 'i goes wedi i gwpwrdd gwmpo arni."

Chwarddodd Sharon, "Y?! Pam bydde'r ffaith ei fod e wedi torri'i goes yn broblem?"

"Fi osododd y cwpwrdd, ryw bum mlynedd yn ôl. Mae e'n dal yn gloff."

Chwarddodd y ddwy fel petai'r stori'n ofnadwy o ddoniol. Yna, stopiodd Sue a dweud, "Sai'n credu bod unrhyw obeth arall 'da ti. Bydd rhaid i ti wishgo lan, esgus peidio â bod yn ti dy hunan, os wyt ti mor despret â ti'n swno i ga'l pŵdl."

Roedd golwg ddiffuant arni hi a syllodd Warren i mewn i'w llygaid. Trio bod yn garedig oedd hi, trio bod yn famol bron iawn. Rhoddodd Sue y rhif yn ei law ar ddarn o bapur a hwnnw wedi'i rhwygo oddi ar un o fagiau papur brown y siop.

"Pob lwc," meddai hi, "a gad i ni wbod os cei di afel ar un, 'nei di Warren?"

Cytunodd Warren.

"Hwyl 'te, cowboi!" meddai Sharon gan bwyso'n ôl ar y cownter.

Trodd, a gadael Sue gwallt pŵdl a Sharon wyllt yn y siop. Roedd e ar fin agor y drws a mynd yn ei gar at Cae'r Geiliog, pan glywodd lais gwichlyd yn dweud, "Gad dy rif ffôn 'da ni os tishe, rhag ofon deith rhywun i mewn ac ishe gwerthu pŵdl."

"Gwerthu pŵdl?" cwynodd Sharon, ond aeth Warren yn ôl ar ei union a rhoi'i enw llawn a'i rif ffôn ar fag papur brown. Gwenodd Sue arno, a gwyddai Warren nad ar gyfer y pŵdls yn unig roedd hon wedi cymryd ei rhif. Grêt, meddyliodd, un arall.

* * *

Barf ffug ar ei ên. Barf ddu hir. Barf Barti Ddu. Teimlai Warren fel Siôn Corn rhyfedd. Roedd e wedi llwyddo i brynu'r barf yn y siop ffansi-dress yn y pentref, ac wedi egluro bod ganddo barti i fynd iddo rhag i'r fenyw tu ôl i'r cownter ddechrau becso amdano. Y gwir amdani oedd ei fod yn edrych yn fwy rhyfedd fyth wrth egluro pam bod angen barf arno, gan na fyddai neb fel arfer yn ceisio egluro wrth eu prynu. Erbyn iddo adael y siop, wedi parablu fel pwll y môr, roedd y ddynes yn siŵr o fod yn credu ei fod e'n bwriadu torri i mewn i fanc yng Nghaerfyrddin a dwyn arian.

Ond am y tro, roedd Barti Ddu'n sefyll y tu allan i Cae'r Geiliog, hen dŷ fferm Mr Watson. Roedd ei wraig wedi ei ysgaru yn y saithdegau. Rhywbeth na fyddai'n digwydd yn aml iawn yn y pentref bach hwn yr adeg honno. Mae'n rhaid ei fod e'n uffern i fyw gydag e felly, meddyliodd Warren, cyn cnocio. Daeth y gŵr at y drws. Doedd gan Warren ddim amynedd gyda ffermwyr. Pobol gyfoethog yn ceisio osgoi dangos hynny – o ystyried y dillad y bydden nhw'n eu gwisgo.

"Pnawn da," meddai'r llais. Roedd Mr Watson wedi heneiddio yn ofnadwy ond roedd e'n dal yn gloff yn ei goes chwith. "Alla i'ch helpu chi? Meter y gas, tyfe?"

"Ym, na," meddai Barti Ddu, "wedi clywed eich bod chi'n brido cŵn. Ishe ci ydw i."

"Y mab sy'n eu brido nhw, a fi sy'n 'u gwerthu nhw pan mae e yn y gwaith."

"Reit," meddai Warren, er nad oedd ganddo ddiddordeb yn y manion, "odych chi'n brido pŵdls?"

Gwyddai Warren fod y siawns i'r cynllun hwn weithio yn fach, yn wir yn annhebygol.

"Odw, 'wy'n brido pŵdls."

"Odych chi?" holodd Warren mewn llais crug. Doedd e ddim yn gallu credu'i lwc. "Oes pŵdls bach gyda chi?"

Pesychodd Mr Watson, gan wneud i Warren aros am ei ateb. "Ym, oes, 'wy'n siŵr bod e. Dewch drwodd, Mr...."

"Mr Black," meddai Warren, a'i farf hurt yn coglis ei ên yn ofnadwy.

Cerddodd drwy'r tŷ.

"Bildar y'ch chi, tyfe?" holodd Mr Watson a theimlai Warren chwys oer yn diferu i lawr ei gefn. Oedd hwn wedi darganfod pwy oedd e, tu ôl i'r barf ?

"Pam y'ch chi'n gofyn?"

"Golwg flêr arnoch chi, a'r shŵs – y shŵs 'na..."

Syllodd Warren i lawr ar ei esgidiau mawr. "O, ie, bildar."

"Tynnwch eich sgidie, newch chi?" meddai'r gŵr yn ffyslyd gan edrych ar Warren.

"Wrth gwrs 'ny," atebodd gan ddifaru nad oedd wedi newid ei sanau y bore hwnnw.

Llifodd atgofion yn ôl wrth i Warren droedio drwy'r tŷ heb ei esgidiau. Doedd y lle ddim wedi newid o gwbl ac wrth iddo fynd drwy'r gegin ac i'r sied gefen (oedd yn edrych yn brafiach na fflat Warren), cafodd Warren bip cyflym ar y cypyrddau.

"Cwpwrte braf 'da chi," meddai Warren, gan deimlo ei fod e'n pwsho'i lwc yn go iawn erbyn hyn.

"Odyn, ryw gowboi osododd nhw i fi, ond ma'n nhw'n iawn nawr."

Gwenodd Warren drwy ei farf. Cowboi, tyfe?

I mewn â'r ddau i'r sied lle roedd pedwar ci bach yn rhedeg reiat yn y gwellt. Roedd tri ohonyn nhw'n frown ac un yn wyn. Yn union fel William Eithin. Bron nad oedd e'n edrych fel petai William Eithin wedi cael ei gico i mewn drwy do'r sied.

"Hwn," meddai Warren, "'wy'n moyn hwn, plîs."

Gan nad oedd wedi sylweddoli at ba un y pwyntiodd Warren, estynnodd Mr Watson am un o'r rhai mwya tywyll gerfydd ei fwng.

"Ym, na," meddai Warren, "dim hwnna, yr un gwyn."

"Hon sydd fwya ffit, cofiwch, coese cryfach 'da ddi. Ddylen i ddim gweud 'na a gweud y gwir, bydde'r mab yn 'yn lladd i."

Taflodd yr hen ŵr y ci tywyll at Warren, a disgynnodd yr ast fach yn ei gôl.

"Paid ti nawr!" meddai Warren drwy'i farf, ond cyn iddo allu gwneud dim i'w rwystro, crafangodd y ci i fyny at ei wyneb gan gyfarth yn pathetig. Ceisiodd Warren dynnu'r diawl bach i lawr oddi ar ei wyneb, ond wrth wneud cydiodd y ci bach yn y barf a'i thynnu. Cydio ynddi nes iddi symud ryw ychydig. Llithrodd y gwallt du a hongian o gwmpas ei wddf. Syllodd Mr Watson arno. Gwyddai Warren ei fod e yn y cach, ac roedd e'n barod i redeg.

"Wel, os odych chi'n meddwl bod yn well 'da chi'r llall, ma croeso i chi neud fel mynnoch chi," meddai Mr Watson gan bwyso at yr un gwyn.

Tynnodd Warren ei farf yn ôl i fyny. Doedd e ddim yn deall beth yn union oedd yn digwydd. Ai chwarae gydag e roedd Mr Watson?

"'Co chi'r un gwyn," meddai gan estyn ci bach tywyll arall iddo.

"Nage hwn yw'r un gwyn," meddai Warren cyn sylweddoli'n sydyn beth oedd yn mynd ymlaen.

"'Wy'n flin, Mr Black, smo'n llyged i yr hyn ro'n nhw'n arfer bod."

Chi'n gweud 'tha i, meddyliodd Warren, gan wenu ar Mr Watson ac estyn am y pŵdl bach newydd. 'Shwmai, William Eithin,' meddai wrth ei hun, 'mae'n amser i ni fynd gatre.'

* * *

Erbyn iddo gyrraedd Ty'n Graig, roedd y pŵdl bach yn swatio'n dawel ym mhoced cot Warren a'r barf du wedi'i thowlu i gefn y car. Gwyddai fod Gwenda ar ei ffordd yn ôl unrhyw eiliad, ond roedd e'n sicr y byddai'n llwyddo i gyrraedd yno o'i blaen ac wedi cael cyfle i osod y William Eithin newydd ar bwys yr Aga. Oedd, roedd y ci hwn ychydig yn llai, ond teimlai'n siŵr y byddai Gwenda'n ddall i hynny, a hithau'n edrych ymlaen at gael sws gan ei gweithiwr annwyl.

Cyrhaeddodd y dreif, a bu bron iddo lewygu. Ar wahân i'r ffaith fod yna neges destun yn llawn rhegfeydd newydd

gyrraedd ei ffôn gan Cranc, roedd golau ymlaen yng nghegin
Gwenda. Ai'r Doc oedd wedi dod yn ei ôl? Neu'r merched?
Neu'n waeth fyth, Gwenda? Eisteddodd Warren yn y car a
phwyso'i ben yn ôl yn erbyn y gadair sbwng. Yr unig ddewis
ganddo oedd mynd i weld, a gobeithio fod Gwenda wedi
casglu ei fod e a William Eithin wedi mynd am dro i Erddi
Aberglasne, neu rywle felly.

Gwthiodd ei ffordd o'r car, gan fwytho pen William Eithin
2. Roedd e wedi dechrau cynhesu ato, ac wedi talu drwy'i
drwyn amdano beth bynnag. Cerddodd yn llechwraidd at y
dreif a cheisio cael pip i mewn drwy ffenest y gegin. Doedd
dim golwg o neb. Cnociodd y drws, a phwy ddaeth i'w ateb
ond Gwenda.

"Fy ngweithiwr annwyl," meddai Gwenda'n gariadus.

"Gwenda," llyncodd Warren gan lyncu'i boer.

"Be sy'n bod? Mae golwg wedi gweld ysbryd arnot ti."

"Wedi bod â'r ci am wâc," meddai Warren. Roedd e wedi
cael digon ar ddweud celwydd am gŵn am un diwrnod.

"Am wâc?" Roedd golwg flinedig ar Gwenda. Roedd y
daith ar y bws, a'r cloncan gyda'i ffrindiau wedi gadael ei ôl
arni.

"Ie." Estynnodd Warren i'w boced a dal William Eithin 2
ar gledr ei law. "Co fe i ti."

Oedodd Gwenda, cyn gwenu. "Beth yw hwn?"

"William Eithin," meddai Warren yn blwmp ac yn blaen.

"Ond ma William Eithin fan hyn," meddai hi. "O'dd e mas
yn whare yn yr ardd pan ddes i 'nôl. O'n i'n meddwl falle bo
ti wedi popo lawr i'r dre."

"Ie, 'na ti, dyna beth 'nes i." Roedd pen Warren yn troi.
Beth oedd yn digwydd iddo? Oedd hi'n bosibl nad oedd
William Eithin wedi marw wedi'r cyfan?

Rhuthrodd William Eithin o'r gegin gan chwarae gyda
sliperi Gwenda a chwyrnu at yr anifail newydd oedd yn llaw
ei feistres. Yna, agorodd llygaid Gwenda led y pen.

"Warren!"

48

"Alla i egluro popeth."

"'Wy'n deall, mae'n iawn. Ti 'di prynu ffrind bach i William Eithin."

"Yn gwmws," meddai Warren gan syllu i fyny ar yr awyr lwyd. Diolch i ti. Diolch i ti Dduw.

"Ti mor, mor annwyl, Warren. Pwy wedodd nad o'dd dy siort di o ddyn yn gwbod shwt ma trin menyw…"

Doedd Warren ddim yn siŵr iawn sut oedd cymryd yr hyn ddwedodd hi ond tynnodd Gwenda Warren a'r ci newydd i mewn dros riniog Ty'n Graig. Cusanodd Warren hi'n nwydwyllt yn erbyn wal y pasej cyn rhoi'r ddau gi yn y gegin a chau'r drws. Roedd hi'n bryd iddyn nhw ddod i nabod ei gilydd yn well, ac roedd hi'n bryd i'r cŵn ddweud helô wrth ei gilydd hefyd. Wedi'r cyfan, roedden nhw'n frawd a chwaer nawr, ac yn symbol o'r garwriaeth boeth rhwng Gwenda a'i dyn handi.

Pennod 4

"Smo hyn yn ddigon da. Ma Bi yn colli'i limpyn, ac ma Crooger yn cwyno bob dydd." Syllodd Bronwen i lawr ar Warren, Cranc a Clembo, ill tri yn eu hoferôls. Roedd hi'n ddiwrnod braf heddiw, yn boeth o braf, ond roedd hon wedi dod i sbwylio popeth.

"Ocê, Bronwen, dim problem. Bydd y jobyn wedi'i orffen chwap. Dim ond peintio'r wal hyn sy 'da ni i neud nawr."

"Dyw chwap ddim yn ddigon da, War, rodd ishe i chi fod wedi bennu ddoe!"

Does neb ond Cranc a Clembo'n 'y ngalw i'n War, meddyliodd Warren. Cyn pen dim, roedd Bronwen wedi diflannu ac roedd golwg wedi llwyr ymlâdd ar Cranc.

"Ti'n gweld beth sy'n rhaid i ni ddiodde bob dydd?"

"Odw. Sori," meddai Warren gan wenu'n gam ar ei frawd, "ond 'wy 'ma nawr nagw i? Ody Crooger i mewn?"

"Ody, ma ddi'n pipo drwy'r cyrtens fan'na. Ti'n gwbod ddoe, o'dd hi'n 22 selsiws, a phallodd hi ddod â diod o ddŵr mas i fi a Clembo."

"O'n i'n dwym, dwym," meddai Clembo gan edrych ar ei dad dros dro.

"Pidwch becso bois, byddwn ni mas o 'ma cyn bo hir."

Gwenodd y tri gan godi oddi ar eu heistedd a rhoi'r caead ar y botel oedd wedi'i llenwi â sgwash.

"Pa liw ma ddi ishe?" holodd Warren gan geisio rhoi trefn ar bethau.

"Gwyn, off-white," meddai Cranc.

Cytunodd pawb gan ddechrau peintio.

"Pam bod hwn fan hyn, 'te?" holodd Warren gan bwyntio at y paent terracotta.

"Achos 'i bod hi 'di methu penderfynu ddo."

"Reit," meddai Warren.

Roedden nhw wrthi'n peintio pan ddaeth Bev heibio yn gwthio Bryn Bach yn y bygi.

"Lle ma Sam 'da ti?" holodd Cranc gan orffwys am eiliad a dal ei frwsh yn uchel.

"Ma Sharon Rees yn i garco fe."

"Neis," meddai Cranc gan droi at Bryn Bach, "a shwt 'yt ti partner? Ishe helpu?" Estynnodd Cranc y brwsh at ei nai a daeth llaw Bryn o'r bygi gan estyn am y brwsh yn awchus.

"Y, y, y," meddai Cranc gan wenu, "dim eto – rhyw ddiwrnod, falle."

Chwarddodd Bev gan edrych draw at Warren. Doedd y ddau ddim wedi gweld ei gilydd ers dadlau dros swper pwy nosweth.

"Iawn, War?"

Gwenodd Warren arni cyn mynd yn ôl at y peintio. Roedden nhw'n dadlau'n aml, ond byddai'r cymodi'n dueddol o gymryd cwpwl o ddyddiau.

"Ishe gofyn ffafr."

Syllodd Cranc. "Ma pethe'n itha tyn 'ma a gweud y gwir, Bev."

"'Wy'n deall 'ny," meddai Bev, "ond ma apwyntiad 'da fi, pethe menwod. Alla i adael Bryn Bach gyda chi? Hanner awr fan bella."

Gwenodd Clembo. "Fi'n hapus i'w garco fe," meddai'n awyddus.

Edrychodd Bev ar Warren a Cranc. Doedd Warren ddim am wneud penderfyniad. Edrychodd Cranc arni. "Ocê, ond dim lot hirach na hanner awr, 'te?"

Diolchodd Bev â'i llygaid, gan osod y brecs ar fygi Bryn Bach cyn diflannu. Eisteddodd Clembo gydag e am sbel, wrth i Warren a Cranc beintio'n dawel yn yr haul. Ond, ar ôl ychydig, dechreuodd Bryn Bach strancio. Roedd e wedi blino yn y bygi ac am ddod yn rhydd.

"Mae fe ishe dod mas o'r bygi," meddai Clembo gan edrych fel petai mewn panics piws.

"Gad iddo fe, 'te," meddai Cranc, "ond cadwa lygad arno fe, cofia."

Cydiodd Clembo yn y plentyn dwyflwydd o'r bygi gan dynnu'r gwregys bach llwyd oddi am ei goesau. Rhoddodd Cranc ei frwsh i lawr.

"Dilyna fe! Ma fe fel whippet weithie."

"Dim problem," meddai Clembo gan chwerthin. Roedd gwarchod plant yn llawer mwy o hwyl na pheintio walydd.

Rhuthrodd Bryn o afael Clembo a rhedeg at y tun paent terracotta – yr unig beth ar y dreif oedd yn debyg i degan.

"Watsia fe!" meddai Cranc gan droi'n ôl at y wal, ond roedd hi'n rhy hwyr. Rhuthrodd Bryn at y tun paent yn reddfol a'i rowlio i lawr y dreif. Stopiodd Cranc a Warren a'i wylio'n rhowlio.

"Plîs Dduw, paid â…" Cwympodd y caead yn fflat ar lawr ond daliodd y tun paent i rowlio. "Rhagor o fès," meddai Cranc gan godi'i ddwylo at ei ben.

Edrychodd Clembo ar Cranc cyn rhedeg ar ôl Bryn a'i godi yn ei freichiau. Sgrechiodd Bryn am nad oedd yn cael ei ffordd ei hun, a syllodd y ddau frawd ar y dreif mewn anghrediniaeth. Roedd terracotta'n llifo'n afon rydlyd i lawr y dreif, a bochau Clembo wedi troi'r un lliw yn union â'r paent.

"Y ffŵl!" gwaeddodd Cranc gan syllu'n ynfyd. Doedd 'da fe ddim syniad sut i gael gwared ar y paent.

"Sortwn ni rywbeth," meddai Warren gan edrych ar Cranc.

"Pryd wyt ti'n mynd i stopo'i foli-codlan e? Allen ni golli'n jobsys, a chysidro'r holl bethe sy 'di mynd o'i le ar y jobyn 'ma. Ond 'na ni, fyddet ti ddim yn gwbod dim am 'ny, achos nag 'yt ti 'di blydi bod 'ma!" gwaeddodd Cranc yn grac.

Diflannodd Cranc rownd y gornel a sŵn sgradan Bryn Bach yn ddigon i wneud i bennau pawb ffrwydro. Edrychai Clembo druan fel petai yntau ar fin crio hefyd.

"Paid â becso boi, sortwn ni rwbeth mas," meddai Warren ond doedd dim byd yn gallu cysuro Clembo. Gwyddai ei fod wedi mynd yn rhy bell o lawer y tro 'ma. Dylai fod wedi dal ei afael yn dynn am Bryn Bach.

* * *

Erbyn i Bev ddod yn ôl i gasglu Bryn Bach, roedd cwmwl yn gorchuddio'r haul. Doedd hi ddim yn gallu credu iddo allu creu shwt fes a hithau ond wedi bod gyda'r doctor am gwta ugain munud.

"Dim ond eiliad o'dd 'i angen ar fom Hiroshima," meddai Clembo ac edrychodd Warren a Bev ar ei gilydd gan godi'u hysgwyddau mewn penbleth.

"Ble ma Carl?" holodd Bev, er ei bod hi'n deall yn iawn iddo ddiflannu am ei fod wedi pwdu.

"Pwdu," meddai Warren a nodiodd Bev ei phen. Doedd rhai pethau byth yn newid.

Canodd ffôn Warren ac estynnodd yntau amdano gan hanner disgwyl gweld enw Cranc yn fflachio. Rhif dieithr oedd yno. Jobyn, o bosibl. Diflannodd i gefn y garej a'i ateb.

"Helô?"

"Helô, Warren? Sue sy 'ma o'r siop anifeiliaid anwes. Sue?"

"Ie, ie, dwi'n gwbod. Shwmai?"

Holodd Sue oedd e wedi llwyddo i gael gafael ar bŵdl. Eglurodd yntau fod Mr Watson wedi bod yn lot fawr o help a'i fod wedi llwyddo i gael gafael ar bŵdl bach. Aeth y sgwrs ychydig yn herciog am eiliad neu ddwy.

"A shwt ma Sh... Sharlene sy'n gweithio 'da ti?"

"Sharon. Ydy, mae hi'n iawn. Sdim byd yn styran Sharon."

I ble'r oedd y sgwrs hon yn mynd? Ac yna'n sydyn, meddai Sue, "wel, falle wela i di ambythdi'r lle, Warren. Bydde'n braf dy weld di 'to."

"Bydde, ti 'fyd," meddai Warren. "Ma 'da ti fy rhif i; rho alwad. Unrhyw bryd."

Gwenodd Warren. Roedd e wedi llwyddo i rwydo blonden bert. Teimlai braidd yn euog wrth feddwl am Gwenda. Yna, teimlai'n fwy euog fyth wrth feddwl am Jennie. Mae'r meddwl yn beth hurt. Jennie oedd wedi dewis diflannu o'i fywyd e, ond roedd e'n dal i deimlo'n euog am ffansïo menywod eraill.

Erbyn iddo orffen yr alwad a dod yn ôl at y dreif, roedd Bev a Bryn Bach wedi diflannu a Clembo a Cranc yn ôl wrth eu gwaith. Fel mae'n digwydd, nid pwdu oedd Cranc, ond bod yn ymarferol. Aeth yn syth i'r siop DIY lleol i brynu White Spirit er mwyn cael gwared ar y paent. Siaradodd e ddim gyda Clembo am weddill y dydd, ond pris bach i'w dalu oedd hynny o'i gymharu â chael gwared ar y paent.

* * *

Dim ond Warren oedd ar y dreif pan ddaeth Crooger allan ar ddiwedd y dydd. Roedd Clembo wedi hel ei bac a'i gwt rhwng ei goesau, a chan fod dêt gan Cranc roedd wedi mynd adre i baratoi. Estynnodd yr hen wraig ei dwylo esgyrnog ar hyd wal y tŷ wrth iddi ddod allan i fwrw golwg ar eu gwaith.

"Odych chi wedi gorffen?"

"Cwpla? Odyn. Odych chi'n 'i lico fe?"

"Arhoswch i fenyw ga'l 'i hanal, ddyn."

"Mae'n siŵr bo fi'n haeddu paned am 'y ngwaith."

Rhythodd Crooger ar Warren yn drahaus. *Workers don't deserve tea,* meddai hi. Chwarddodd Warren gan geisio osgoi dychmygu'i hun yn estyn ei ddwylo am ei gwddf...

Yna, trodd ei phen yn araf a syllu ar y wal wen.

"Off-white," meddai hi.

"Ie, 'na chi. Newch chi adeiladwr net," meddai Warren

gan estyn am y brwshys a chlirio'r tuniau.

"Off-white," meddai hi wedyn.

"Ie," cytunodd Warren heb feddwl.

"Ond terracotta wedes i wrth eich brawd."

Safodd Warren yn ei unfan a syllu arni. Ei gair hi yn erbyn gair Cranc. Yr un hen dric. Roedd angen cytundebau lliw ar grachach fel hon.

"'Wy'n siŵr mai gwyn wedodd Carl," eglurodd Warren.

"Gwyn. Chi'n gweld. Ry'ch chi'n drysu'ch hunan. Off-white, gwyn, terracotta."

"Na," meddai Warren yn bendant, "Gwyn. Off-white, 'te. Dyna'r lliw. Deffinet."

Gwenodd Crooger yn hyll gan ddangos ei dannedd. "Terr-a-cott-a wedes i. 'Wy am i chi ei newid e."

Caeodd Warren ei geg yn fwriadol. Doedd e ddim am regi yn ei hwyneb hi ond bu'n rhaid iddo wneud ymdrech fawr i osgoi gwneud hynny. Anadlodd yn ddwfn.

"Iawn, dim problem, Mrs Crooger. Terracotta amdani."

"And quite right too," meddai Crooger gan adael Warren ar y dreif. Byddai'n rhaid iddo anfon Clembo yn ôl i wneud y gwaith yfory, gan obeithio'r gorau, tra byddai Cranc ac yntau'n bwrw ati gyda'r jobyn nesaf.

* * *

Doedd dim byd yn well na mynd am dro ym mharc y pentref. Roedd hi'n noson braf a'r adar yn canu'n hwyliog yn y coed wrth i'r haul ddechrau machlud. Crwydrai Warren a Gwenda gyda'i gilydd rhwng cysgod y coed gyda William Eithin a'r ci newydd, Eurwyn Wallace, yn trotian wrth eu hymyl. Doedd Gwenda ddim fel petai hi'n becso bod pobl yn eu gweld nhw gyda'i gilydd. Doedden nhw ddim yn dal dwylo, ac roedd Warren yn ei oferôls gwaith. Fyddai neb o'i ffrindiau'n amau am eiliad bod gwraig y doctor yn cael affêr gyda shwt gowboi. Oedd, roedd popeth yn berffaith.

"Mae Eurwyn Wallace yn dod ymlaen yn dda gyda

William," meddai Gwenda.

"Ti'n gwybod taw merch yw Eurwyn Wallace," meddai Warren gan ysgwyd y dydd o'i wallt, gymaint ohono oedd ar ôl.

"Odw, odw, ond mae'n enw lyfli nag'yt ti'n meddwl?"

"Odw," meddai Warren heb ystyried am eiliad beth oedd ei farn go iawn ar y mater.

Cerddodd y ddau mewn tawelwch am eiliad.

"Licen i garu 'da ti fan hyn, o flaen pawb, 'yn handi-man i," meddai Gwenda a syllodd Warren arni gan deimlo'n gryndod i gyd. Ond doedd dim gobaith iddyn nhw allu gwneud chwaith gan fod gymaint o hen bobl y pentref yn crwydro gyda'u cŵn a'u ffyn cerdded.

Wrth iddyn nhw droi at y llyn bychan lle byddai plant y pentref yn mynd am ffàg ar y slei, gwelodd Warren olygfa annisgwyl o'i flaen. Roedd pâr yn sefyll yno'n cusanu. Roedd ganddyn nhw gi hefyd. Doberman. Yffach o gi mowr, brawychus.

"'Drych arnyn nhw," meddai Gwenda, "yn gallu caru'n hapus o flaen pawb."

Trodd y pâr i wynebu Gwenda a Warren, a dyna pryd sylweddolodd Warren mai Sue o'r Siop Anifeiliaid Anwes oedd yno. Sue a'i gŵr. Doedd e ddim wedi dychmygu am eiliad fod ganddi ŵr. Wrth iddyn nhw agosáu at y pâr, sylwodd ar faint y gŵr. Yna, wrth agosáu'n nes fyth, sylwodd ar ei wyneb. Roedd e'n gyfarwydd. Damien Darts oedd e – chwaraewr dartiau gorau Sir Gâr. Damien Darts, fyddai'n whare yn eu herbyn nhw yn y Ceff whap. Damien blincin Darts yw gŵr Sue! Am fyd bach, meddyliodd Warren. Sylwodd 'run o'r ddau ar Warren a Gwenda wrth iddyn nhw gerdded i ffwrdd gyda'r ci Doberman enfawr yn eu tynnu ar hyd y llwybr.

Cerddodd Gwenda a Warren at y llyn bychan ac yfodd William ac Eurwyn o'r dŵr brwnt cyn colli diddordeb a thrio'u gorau glas i dynnu'r pâr ar hyd y llwybr.

"Rhyw ddiwrnod, War, gallwn ni gusanu fan hyn fel

cariadon ifanc?"

Syllodd Warren ar Gwenda gan wybod yn iawn nad oedd yn cytuno â gair a ddeuai o'i cheg. "Gallwn. Fi'n ffaelu aros."

Gwenodd Gwenda ac wrth iddi wenu, trodd meddwl Warren ar wib at wyneb Sue. Sue y flonden. Sue â'r coesau hir. Sue â'i gwallt fel pŵdl. Sue, a fyddai'n gariad gwych. Sue, gwraig Damien Darts.

* * *

Y noson honno, byddai Warren wedi bod yn falch o'r cyfle i fod ar ei ben ei hun. Roedd pethau wedi prysuro'n ddiweddar, a chymaint o bobl eisiau ei sylw bob eiliad. Pan orweddodd ar ei soffa'r noson honno a rhoi rhyw raglen geiniog a dime ar y teledu, roedd e'n falch o gael rhechen yn uchel yn ei gwmni ei hunan. Roedd e wedi galw yn Spar ar ei ffordd adref ar ôl y wâc gyda Gwenda ac wedi prynu pasti caws a winwns a chan o coke fel trît.

Ac wrth iddo orwedd yno, ac ystyried gwylio rhyw raglen fetio yn hwyrach yn y nos diawliodd am nad oedd wedi prynu tocyn loteri ar ei ffordd o Spar. Roedd hi'n nos Fercher, a gwyddai Warren yn iawn y byddai'n ennill y loteri rhyw ddiwrnod. Rhyw ddydd. Gorweddodd yno, a meddwl am Sue. Meddwl am ei chorff, am ei bronnau, am ei gwallt ac am gael claddu'i ben yn ei brestiau. Wrth iddo ddechrau cyffroi, canodd y ffôn... Clembo oedd yno.

"Haia Warren, ti ishe cwmni?"

Wrth gwrs, cytunodd Warren am ei fod e'n gwybod fod Clembo'n unig. Ac wrth gwrs, pan gyrhaeddodd Clembo doedd e ddim wedi cael swper ac felly gwibiodd Warren i'r têc-awê gyferbyn â'r fflat a phrynu chop suey i'w fab dros dro. Yna, estynnodd am gwbl o gans o'r ffrij a'u rhoi nhw o'i flaen.

"Wyt ti'n gweld ishe Mam?" oedd y cwestiwn nesaf. Yr un hen gwestiwn bob tro. Pe bai Clembo yn ymwybodol gymaint roedd ei cholli yn torri calon Warren, byddai'n siŵr o osgoi'r cwestiwn.

"Odw, boi. Pam, ody pethe'n tyff arnat ti ar hyn o bryd?"

Yna, dechreuodd Clembo riddfan, yn ara deg bach. "Odyn," cwynodd a'i drwyn yn ei lawes, "a ma Cranc yn 'y nghasáu fi."

"Paid â bod yn dwp," meddai Warren yn grac. "Ma Cranc wedi pwdu heddi am fod y paent terracotta wedi sarnu dros y dreif. Bydd e'n iawn fory, w!"

Nid nawr, felly oedd yr amser gorau i ddweud y byddai angen iddo ailbeintio'r wal mewn lliw terracotta fory.

Diolchodd Clembo i Warren. Roedd rywbeth yn shimpil am Clembo, ond roedd hi'n anodd rhoi bys ar y peth ac yntau'n dal i neud datganiadau o bryd i'w gilydd am ryw ffeithiau a swniai'n astrus i Warren.

Eisteddodd y ddau yno tan ryw naw o'r gloch. Doedd dim oll ar y teledu, ond roedd Clembo'n amlwg yn falch iawn o gael cwmni. Roedd ei bedsit bach e'n ddigon i dorri calon rhywun call, heb sôn am rywun oedd yn gweld colli'i fam.

Bu bron i Warren gusanu'i ffôn pan gafodd neges destun yn holi:

HEI HANDY-MAN. T MOYN DOD DRAW? SUE X

* * *

Sleifiodd Warren o'r tŷ gan ddweud wrth Clembo bod croeso iddo gysgu yn y fflat. Doedd dim amser i'w wastraffu, edrychai ymlaen at ddal Sue yn ei freichiau a'i chusanu. Roedd hon wedi creu rhyw gynnwrf gwyllt yn yr hen Warren druan. Wedi'i droi'n fachgen ifanc unwaith eto. Gwyddai y byddai Gwenda'n gandryll o wybod ei fod yn mynd at fenyw arall, ond roedd hi'n briod a doedden nhw ddim wedi cytuno eu bod nhw'n gariadon.

Doedd Sue a Damien Darts ddim yn byw ymhell o gwbl. Stad y Tir uwchben y fflats. Teimlai Warren yn llawer mwy cartrefol yn y stad honno o dai nag ar stad Gwenda. Ei siort e o bobl oedd yn byw yn y fan yma.

Cnociodd Warren ar ddrws tŷ Sue ac yntau'n dal yn ei oferôls glas tywyll. Taenodd ei law dros ei dalcen i sychu'r chwys oedd yn diferu. Cilagorwyd y drws ac estynnodd llaw hir amdano a'i dynnu'n wyllt i mewn i'r tŷ.

"Mae e mas am gwpwl o orie, wedyn *paid gwastraffu amser*," meddai Sue yn bwerus.

"Ble ma fe?" holodd yntau wrth ei chusanu a'i thynnu ato.

"Twrnament darts yn Llanelli," atebodd.

"Weles i ti heddi," meddai Warren, ond doedd dim diddordeb gan Sue yn hynny. Doedd hi'n amlwg ddim wedi ei weld e, ac roedd mwy o ddiddordeb gyda hi yn yr hyn roedd hi'n mynd i'w weld ganddo 'mhen munud.

Ar ôl chwarae dwli ar waelod y grisiau, tynnodd Sue y dyn handi lan y stâr i'w hystafell wely a diflannodd y ddau o dan y cynfasau.

Blinder llethol ddilynodd wedyn. Roedd hi'n hanner awr wedi deg, a'r ddau yn gorwedd yn noeth ar y gwely. Braf oedd cael gorwedd yno, a pheidio gorfod becso am ddim byd.

"Sa'n well i fi fynd? Bydd e nôl nawr."

"Na, fydd e ddim yn dod nôl tan haff-lefn. Mae e wastad yn ca'l drinc ar ôl pob twrnament."

Gorweddai cwrls melyn Sue yn ffrâm o amgylch ei hwyneb ar y gobennydd. Edrychai fel angel fach.

"Wyt ti'n fishi yn y gwaith ar hyn o bryd?" holodd Warren, am nad oedd yn gallu meddwl beth arall i'w ofyn iddi.

"Sa i ishe siarad am waith, Warren. Shwt ma'r pŵdls?"

"Sa i'n moyn siarad am bŵdls," meddai Warren wrth i gyffro'r caru ddiflannu o gofio am holl helyntion y pŵdls. Daeth wyneb Gwenda i'w feddwl hefyd, ond anghofiodd amdani wrth i Sue lithro'i llaw o amgylch ei wegil a chlosio'n nes ato.

"Sa i'n moyn i hyn orffen, mae'n hwyl," gwenodd gan ddangos ei dannedd perffaith unwaith eto.

Cusanodd Warren hi ar ei thrwyn ond yn sydyn clywodd sŵn allwedd yn y clo. Gwelodd lygaid Gwenda'n chwyddo'n fwy-fwy, a braw yn llenwi'i llygaid.

"Damo, ma fe 'nôl," sibrydodd. "Cer o 'ma, neu, neu, cer... o dan y gwely. Cer o dan y gwely."

"Beth?" Ymddangosodd chwys unwaith eto ar dalcen Warren, ond chwys oer ac afiach oedd e yn awr.

"Yn glou, glou, o dan y gwely!"

"Sue?" Clywodd Warren lais Damien Darts yn taranu ar waelod y grisiau. Oedd, roedd e'n sicr wedi cyrraedd yn ôl.

Gwthiodd Warren ei hun o dan y gwely. Roedd hi'n mynd i fod yn dynn arno yno, ond llwyddodd.

"Fi fan hyn yn y gwely!" gwaeddodd Sue.

Oedd hon o'i cho'n lân? Clywodd Warren sŵn traed yn rhuthro i fyny'r grisiau.

"Enillon ni!"

"Sen i ddim yn dishgwl dim byd arall, Damo."

Eisteddodd Damien ar y gwely a theimlodd Warren ei bwysau trwm yn gwasgu'r fatras i lawr ar ei ben.

"Dere 'ma," meddai Damien gan ei wthio'i hun ar Sue a chusanodd y ddau. Nid cusanu nwydus, ond cusanu fel petai o arferiad.

Yna, wedi i'r ddau ymlacio ym mreichiau'i gilydd, dechreuodd y caru. Bu'n rhaid i Warren lusgo'i hun i ochr bella'r gwely. Roedd pwysau dau'n ormod i'r fatras. Ceisiodd ei orau glas i feddwl am bethau eraill. Yna, wrth i'r gwely lonyddu a sŵn rhywun yn diflannu i'r tŷ bach, teimlodd law ar ei ysgwydd.

"Cer! Cer nawr, tra bod e'n cael cawod."

Tynnodd Warren ei hun yn drwsgwl allan o dan y gwely cyn gwibio i lawr y grisiau a chau'r drws yn dawel ar ei ôl. Wedi cyrraedd y tu allan, edrychodd i fyny a gweld Sue yn y ffenest yn gwenu arno. Daliai i'w ffansïo, roedd hynny'n sicr. Gwenodd yntau, cyn gostwng ei olygon a sylwi ar gath ar y lawnt yn syllu arno yn y tywyllwch. Edrychai'r gath fel pe bai'n ei holi – wyt ti wedi bod yn fachgen drwg 'to?

"Be?" meddai Warren wrth y gath, cyn sylweddoli pa mor orffwyll yr edrychai yn herio cath!

Diflannodd i dywyllwch y nos, gyda'i atgofion am gusanau nwydwyllt Sue yn gwmni pleserus iddo'r holl ffordd adref.

* * *

Pan gyrhaeddodd ei fflat cysgai Clembo fel babi ar y soffa. Yn ogystal â'r neges yn fflachio'n goch ar y peiriant ateb, roedd bwyd yn ei ddisgwyl ar y bwrdd. Darllenodd y neges wrth y plataid o fwyd. Roedd Bev wedi bod draw â swper iddo, chwarae teg iddi.

Gwasgodd y botwm coch ar y peiriant ateb. Doedd dim yn mynd i rwystro Warren rhag teimlo'n ffantastig heno. Llanwodd llais cras a chyfarwydd y lle. Llais afiach oedd yn gyrru ias i lawr cefn unrhyw berson call. Llais Bi, y Bòs.

"Warren, mae pethau'n edrych yn ddu arnot ti. Sortwch bethau mas yn glou, neu bydda i'n hala rhywun draw i gael 'gair' arall gyda chi. A dim Bronwen fydd y rhywun hwnnw."

Gwgodd Warren cyn sleifio i'w ystafell wedi'i siglo gan y neges. Pryd byddai e'n dysgu peidio â gwrando ar negeseuon ffôn ac agor llythyron yn hwyr y nos? Roedd e wastad yn teimlo'n ofnadwy ar ôl gwneud.

Swatiodd yn ei wely, gan geisio meddwl am ei anturiaethau gyda Sue. Nid wyneb Sue oedd yn dod i'w feddwl, serch hynny, ond wyneb Jennie. Waeth beth fyddai'n ei wneud, roedd ei hwyneb hi wedi glynu ynddo. Er gwaetha'r ffaith nad oedd e am wneud, estynnodd yn araf am y drâr a'i agor. Estyn wedyn am lun Jennie a syllu arni. Roedd yr hiraeth amdani'n afiach. Hiraeth tywyll, du. Hiraeth poenus, ond roedd rhyw ychydig o obaith yn dal yno hefyd. Gobaith y byddai hi'n dod yn ôl ato ryw ddydd, ac yn ei ddal yn ei breichiau unwaith eto.

Rhoddodd gusan i wydr y ffrâm a chydio'n dynn yn y

glustog. Ceisiodd ei orau i gysgu, ond roedd hi'n anodd, ac estynnodd am becyn newydd o dabledi er mwyn cael ychydig o help i fynd i gysgu.

Pennod 5

Dillad isa o bob lliw a llun. Rhai mawr. Porffor, coch, glas, du, tryloyw hyd yn oed. Doedd Warren ddim yn siŵr beth ddaeth drosto yn mentro i mewn i'r siop. Ar ei ffordd i helpu Clembo ryw bnawn oedd e, a digwydd gweld fod y siop ddillad isa ar agor. Er mwyn cael gwared ar bob atgof am Jennie, aeth ati ffwl pelt i geisio rhoi ryw sbeis yn ei garwriaethau newydd. Meddwl am Sue roedd e heddiw. Digwyddodd sylwi beth oedd ei mesuriadau pan gwrddon nhw pwy nosweth. Byddai'n falch iawn o gael rhoi anrheg bach iddi, fel sypreis.

Cydiodd ei fysedd mawr garw yn y defnyddiau. Bu bron iddo â rhwygo un darn o ddefnydd am ei fod mor frau ac ysgafn.

"Oes ishe help arnoch chi?" holodd y fenyw ifanc denau a weithiai yn y siop. Diolch byth roedd hi'n ddigon tawel yno ar y pryd.

"Na, na, 'wy'n credu bydda i'n iawn, diolch." Cochodd Warren at ei glustiau a gwylio'i hun yn ymbalfalu. Roedd e'n edrych yn drwsgwl ac yn dwp. Gwyddai hynny.

Dyma estyn am un bra arbennig. Un coch, llachar. Edrychodd ar y maint. Rhy fach. Estyn wedyn am un lliw coch arall. Roedd y les ychydig yn wahanol ond roedd e'n bert. Edrychodd ar y maint. Perffaith. Edrych ar y pris wedyn. Faint? Siawns nad oedd bras yn costio gymaint. Sylwodd y fenyw ifanc wrth y cownter ei fod e wedi cael sioc.

"Great support. Defnydd drud. Barith e am flynydde," meddai heb fymryn o embaras.

Gwenodd Warren arni, yn ddiolchgar am ei help. Aeth â'r

bra ati ar frys er mwyn talu. Wrth iddo estyn am ei waled, canodd cloch y siop. Roedd rhywun arall wedi dod i mewn. Damo, damo. Edrychodd e ddim y tu ôl iddo, ond clywodd sŵn plentyn bach yn parablu. Doedd dim gwadu. Llais Bryn Bach oedd y llais hwnnw.

"War?" meddai Bev a throdd Warren gan weld ei chwaer yn syllu arno. "Wel yr hen gi â ti! Be ti'n neud fan hyn?"

"Dim," meddai Warren gan wthio deg punt ar hugain i law'r ferch. Cipiodd y bra oedd bellach mewn bag, diolch i'r drefn.

"Pwy yw'r fenyw lwcus?" Yna gwgodd Bev wrth ddeall pwy oedd y fenyw lwcus. Gwenda, un o grach y pentref, yn sicr.

"Shwt ma Bryn?" Edrychodd Bryn i fyny ar ei wncwl, heb ddeall eironi'r ffaith ei fod yntau mewn siop yn llawn bras.

"Ma Bryn yn iawn. Sam sy ddim yn dda. Ma 'ddi gyda Caroline am y bore. Gwres uchel."

Gwnaeth Warren wyneb tin gafr a throi'i ben. "Pŵr dab â hi." Oedodd. "Diolch am y swper pwy nosweth."

"O'n i'n meddwl y bydde Clem wedi'i fyta fe. O'dd e'n dal 'na?"

"O'dd, whare teg iddo fe," meddai Warren gan wenu.

"Fytes ti fe?"

"Des i 'nôl ychydig bach yn hwyrach na'r dishgwl."

Edrychodd Bev arno'n amheus. "Jobyn, tyfe?"

"Rhwbeth fel 'na," meddai Warren gan deimlo'n ymwybodol iawn ei fod yn dal y bag plastig yn ei law. Stwffiodd e i boced ei got.

"Carl yn sôn bo' ti'n mynd i helpu Clembo gyda ryw jobyn ar ryw do…"

"Ai, 'na ti, 'na le 'wy'n mynd nawr a gweud y gwir."

"Reit," meddai Bev gan wthio heibio i'w brawd a thuag at y bras. "Ma llefydd tsiepach na hyn i ga'l bras ti'n gwbod," meddai wrth basio.

"Ti'n gweud 'tho fi. Pam 'yt ti 'ma 'te?"

"Ma'n rhai i'n fowr – ma'n rhaid fi gal y support iawn. A ta beth, o'dd Mam wastad yn gweud fod bra da yn para."

Gwenodd Warren. Roedd e'n teimlo ei fod wedi derbyn addysg bore 'ma. Gadawodd y siop, gan obeithio na fyddai'n rhaid iddo fynd i'r fath le byth eto.

* * *

Edrychai'r pentref yn fendigedig o ben y bryn, er nad oedd y tywydd yn berffaith. Pob tŷ yn dwt yn ei le, yr ysgol gynradd, garej Penmaes, a'r caeau y tu hwnt yn batrymau taclus. Sgwariau gwyrdd dros bob man. Roedd Warren yn falch fod Clembo'n dod ymlaen yn dda ar y to yn nhŷ ffrind Gwenda. Doedd y jobyn ddim yn un anodd ac roedd Cranc yno gydag e tan dri o'r gloch y pnawn. Byddai'n rhaid iddo fynd yn ôl i'w helpu bryd hynny ond, am y tro, roedd cyfle iddo ymlacio gyda Sue yn y car ar y bryn.

"Ma hyn yn lyfli, nagyw e, Shandi?"

Roedd Sue wedi penderfynu galw'i dyn handi hi'n Shandi erbyn hyn. Duw a ŵyr pam, ond fel 'na roedd pethau weithiau. Pawb yn hoffi meddwl am enwau i'w gilydd. Bod yn berchennog arnyn nhw, fel ar gŵn. Daliodd Warren yn dynn yn y bag plastig oedd yn ei law. Ysai am gael dangos y bra yn syth bìn, ond roedd yna bethau eraill i'w gwneud yn gyntaf.

"Enillodd Pat denar ar y lotri neithiwr."

"Briliant," meddai Warren wrth feddwl am ei freuddwyd yntau o ennill tipyn yn fwy na hynny ar y loteri. "'Wy'n mynd i ennill y loteri rywbryd," meddai wrthi a gwenodd hithau.

"Ble ei di â fi? Pan enilli di?"

Roedd Warren yn siŵr y deuai ei freuddwyd ffôl yn wir, ac roedd e'n falch o gael rhannu hynny gyda rhywun oedd yn deall. Dywedodd wrth Gwenda yr wythnos diwetha ond chwerthin yn ei wyneb wnaeth hi gan ddweud mai breuddwyd pobl dlawd oedd ennill y loteri. Hi oedd yn iawn, siŵr o fod, ond roedd Warren yn falch o allu breuddwydio. A ta beth, pwy oedd hi'n ei alw'n dlawd?

"'Wy'n mynd i fynd â ti i Borthcawl a phrynu fflat i ti ar y ffrynt."

"Porthcawl? Ti'n siriys? Fi ishe i ti fynd â fi i rywle twym."

Chwarddodd Warren, "Ai, 'wy'n gwbod. Benidorm. Fflat yn Benidorm. Ie?"

"Ai, hyfryd," meddai Sue gan bwyso'i phen ar ei frest. Yna, daeth chwiw i'w phen a dechreuodd ei gusanu'n wyllt. Ar ôl iddyn nhw orffen eu pash dyma Sue yn tynnu i ffwrdd.

"Wyt ti'n folon ordro rhwbeth o'r catalog hyn?" gofynnodd yn annisgwyl.

"Y?" holodd Warren ac yntau'n dechrau twymo wrth garu.

Eglurodd Sue ei bod hi'n rhedeg busnes bach preifet, ar wahân i fusnes y siop anifeiliaid anwes. Roedd hi'n gobeithio gwneud ychydig o arian ychwanegol drwy werthu i bobl roedd hi'n eu nabod.

Byseddodd Warren y catalog. "Pethe i anifeiliaid yw'r rhain," meddai gan edrych yn rhyfedd arni.

"'Wy'n gwbod. Ond beth am y pŵdl 'na? So ti byth yn sôn amdano fe. I bwy oedd e?"

"'Yn chwar i," meddai Warren gan synnu ei fod yn gallu dweud celwydd mor rhwydd.

"Wel, na fydde dy whâr di'n lico i ti byrnu rhywbeth i'r pŵdl?"

"Ym, ti'n iawn," meddai Warren wedi gwthio'i hunan i gornel.

"Der ag un ohonyn nhw i fi, 'te," meddai Warren yn ei lais dwfn gan bwyntio bys enfawr at dedi bêr pinc wedi'i wneud o rwber.

"So hwnna 'da fi."

"Oreit," meddai Warren gan edrych ar dudalennau eraill y catalog. "Ga i hwn, 'te."

"I'r bwjis ma rheina!" meddai Sue gan chwerthin.

"Oreit," edrychodd Warren yn ddiamynedd, "hwn 'te, ga i hwn," pwyntiodd at frwsh ci.

"So hwnna 'da fi chwaith," meddai gan edrych yn lletchwith ar ei chariad.

"Wel beth *sy* 'da ti te?!" holodd Warren.

Agorodd Sue fag plastig gan ddangos tennyn ci a choler ac ambell declyn rhyfedd ar gyfer cwningod.

"Rhain?"

Cytunodd Warren y byddai'n prynu'r tennyn a'r coler ci a daeth y cyfan i ddeg punt.

"Deg punt!"

"Sdim rhaid i ti eu prynu nhw," meddai Sue yn dawel, wedi ei brifo.

"Na, na, der â nhw 'ma," meddai Warren gan dynnu'r pethau dibwys ato a rhoi sws iddi ar ei thalcen. Gwenodd hithau o'r newydd. "Fel mae'n digwydd, ma 'da fi rwbeth i ti 'fyd."

"O?" holodd Sue a'i gwallt cwrls yn bownsio i fyny ac i lawr yn ei chyffro.

Gafaelodd Warren yn y bag a'i sodro yn llaw Sue. Agorodd hi fe a disgleiriodd ei llygaid glas.

"Shandi, o'dd dim angen i ti."

"Ti ddim yn deall, ro'n i am neud," meddai Warren mewn llais dwfn, "ro'n i wir am neud."

Cusanodd y ddau'n gariadus am eiliad, a Warren yn teimlo'n falch iawn iddo fuddsoddi mewn bra, pan glywodd y ddau sŵn car yn agosáu. Tynnodd Sue i ffwrdd.

"Damo! Pwy sy 'na?" holodd Warren, wrth iddo ddyheu am gael ei haeddiant am brynu'r bra.

"So ti'n mynd i gredu hyn," meddai Sue wrth iddi bipo drwy'r ffenest. Roedd dau mewn car coch Peugeot wedi cael yr un syniad yn union â nhw.

"Rhywun yn neud run peth â ni?" holodd Warren gan

syllu'n ofalus drwy'r ffenest. Bu bron iddo weiddi pan welodd pwy oedd yno. "Iesgob!"

"Be sy?" holodd Sue gan ostwng ei phen yn is.

"Bronwen sy 'na. Gwraig y Bòs."

"Ma hi'n gwlffen, on'd yw hi?" meddai Sue gan bipo'n slei arni.

"Ody, a sa i'n credu taw'r Bòs sy 'da ddi, chwaith."

Syllodd Warren drwy ffenest ei gar wrth geisio gweld pwy oedd yn y car gyda Bronwen. Roedd hi'n mwytho rhywun, ond yn dal i siarad fel pwll y môr ag e hefyd. Yna, llwyddodd Warren i weld y person arall.

"John Bach!" meddai mewn braw.

"Pwy yw John Bach?" holodd Sue.

"Boi sy'n mynd i'r Ceff. Fe sy bia'r Pound Shop."

"O, 'wy'n gwbod pwy s'da ti!" meddai Sue gan biffian chwerthin.

"Be sy'n ddoniol?" holodd Warren wrth dynnu'i gorff yn is ac edrych ar ei gariad direidus.

"Bronwen Fowr a John Bach!"

Chwarddodd y ddau yn uchel cyn i Warren awgrymu ei bod hi'n amser iddyn nhw adael. Ei obaith oedd na fyddai Bronwen yn sylwi ei fod yno. Roedd e'n synnu'n fawr ei bod hi'n dewis cael affêr a hithau mor ffyddlon i'r Bòs. Hi fyddai'n dod i ddweud y drefn bob amser. Cychwynnodd Warren yr injan a stopiodd y pâr yn y car coch garu. Trodd Bronwen yn araf, gan edrych drwy'r ffenest a dal llygaid Warren.

"Damo," meddai Warren, "ma ddi wedi 'ngweld i. Ond do's dim ishe i fi boeni, allith hi ddim gweud wrth neb amdana i."

Ar wahân i'r ffaith ei bod hi'n synnu nad oedd Warren yn y gwaith, roedd Bronwen yn methu â chredu iddo ei gweld hi gyda John Bach. Syllai'n ddieflig arno wrth iddo yrru i ffwrdd a sylwi ar y wên slei ar ei wyneb.

"Beth mae e'n ei weld ynddi? Ma ddi fel mynydd," meddai Sue wrth iddyn nhw yrru'n ôl ar hyd y ffordd i'r pentref.

"'Wy'n gwbod," meddai Warren heb feddwl am ei ateb. Roedd e'n rhy brysur o lawer yn meddwl sut y gallai fanteisio ar y ffaith iddo weld Bronwen ar y bryn gyda'i ffansi man.

* * *

Roedd hi'n amser cinio ac yn amser cael tamed. Rhuthrodd Warren i 'Caffi Coffi?' er mwyn prynu rholyn ham a chaws. Byddai'n rhaid iddo fynd yn ôl at Clembo ar y to cyn bo hir. Gwyddai y byddai Cranc yn colli ei limpyn os na chyrhaeddai mewn pryd. Wrth iddo fynd i mewn gwelodd Bev yn eistedd yno gyda'i ffrind, Caroline. Roedd Sam yn eistedd yno'n edrych yn eitha tost a Bryn Bach yn cysgu'n sownd. Dim eto, meddyliodd, mae hon ym mhobman heddiw.

"O's eiliad 'da ti, War?"

Cododd Caroline oddi wrth y bwrdd. "Shw w't ti War?" Roedd Caroline yn ferch rŷff iawn, hyd yn oed yn ôl safonau Warren. "Reit, 'wy off, Bev," meddai Caroline. "'Wy ishe casglu Ray o'r Ceff neu bydd e ar lawr."

Ray, ei gŵr, oedd alci mwyaf y pentref – ar wahân i Dai Ci Bach.

Eisteddodd Warren yng nghadair Caroline, a phren y gadair yn dal yn dwym.

"Fi'n falch bo fi 'di dala ti."

"O?" meddai Warren, "sdim lot o amser 'da fi, Bev, ma rhaid i fi fynd yn ôl at Clem a Cranc."

"Caroline sy 'di codi rhwbeth, 'na i gyd."

"Beth ma hi'r geg wedi gweud nawr?" Doedd Warren ddim yn hoff iawn o Caroline. Byddai'n aml yn dweud pethau ofnadwy am Jennie. Sôn ei bod hi'n mynd allan gyda dynion eraill, sôn ei bod hi'n gomon.

"Caroline o'dd yn sôn iddi dy weld di'n mynd i dŷ Sue Darts pwy ddiwrnod."

Roedd newyddion yn teithio'n gyflym yn y lle 'ma.

"Wyt ti'n gweld Sue Darts?"

"Sut wyt ti'n nabod Sue?"

"Sa i yn. Wedi clywed amdani ydw i," meddai Bev gan edrych at y bwrdd.

"Mami, fi'n timlo'n sic," meddai Sam o'i chadair.

"Paid â becs, bydd Mami'n sorto popeth mewn muned."

Rhoddodd Sam ei phen ar y bwrdd yn bwdlyd. Eglurodd Bev fod enw gwael gan Sue, ond doedd Warren ddim mor siŵr.

"Ti'n gwybod fel ma Caroline. Ma ddi'n hel clecs fel ma Clem yn neud mistêcs."

"Falle," meddai Bev yn llawn consýrn, "ond 'yn jobyn i yw edrych ar ôl 'y mrawd mowr, wedyn 'wy'n meddwl y dylet ti fod yn ofalus."

Cafwyd saib am eiliad a throdd Bryn Bach yn ôl ac ymlaen yn ei gwsg.

"Diolch am dy gonsýrn, ond ma popeth yn iawn. Ocê?"

"Ma 'da fi gonsýrn am lot o resyme. Nid yn unig ma hi'n beryglus – wyt ti 'di gweld 'i gŵr hi?"

"Odw, fel mae'n digwydd," meddai Warren gan syllu ar ei chwaer, "mae e'n hiwj, 'wy'n gwbod."

"A mae e'n dda am whare darts 'fyd," meddai Bev yn goeglyd cyn gwthio'i phaned lugoer o afael Sam.

"Beth bynnag, dim 'na beth ro'n i'n moyn trafod 'da ti."

"Beth, ma rhwbeth arall?"

Gwylltiodd Bev gan ddweud yn goeglyd, "'Wy'n gwbod fod pethe lot mwy diddorol gyda ti i neud, ond ma dy frawd bach di'n ca'l 'i ben-blwydd yn 35 dydd Gwener. Ond falle bo ti ddim 'di cofio."

Na, doedd e ddim wedi sylweddoli a dweud y gwir. Teimlai'n euog, ond dyma drio ychydig o gelwydd golau.

"Wedi'i sorto. Parti bach yn y Ceff, o'r gore? Gad bopeth i fi."

"Be? Nos Wener hyn?"

"Ie. Iawn?"

Cytunodd Bev drwy nodio'i phen a chodi'i dwylo i'r awyr. Rhyngddo fe a'i bethe. Roedd hi'n nabod ei brawd mawr erbyn hyn. Doedd e'n amlwg ddim wedi cofio pen-blwydd ei frawd eleni, ond doedd dim gyts ganddo i gyfaddef. Yn ogystal â'r celwydd, a'r ffaith ei fod wedi perswadio'i hun y byddai'n trefnu parti gwych i'w frawd, gwnaeth Warren ddatganiad arall.

"T'mod beth, ma pethe'n dechre newid i fi."

"Ti'n meddwl?" holodd Bev, a'r geiriau hynny'n codi o waelod ei chalon. Roedd hi wastad yn dueddol o boeni am ei brawd mawr.

"Odw. Ma'n lwc i'n newid, 'wy'n symud mlân."

Gwenodd Bev gan estyn am ei bag er mwyn talu am ei chinio.

"'Wy'n falch clywed 'ny, War, 'wy wir yn. A 'wy'n credu bo ti'n iawn."

Ar hynny, agorodd drws y caffi prysur a daeth Clembo i mewn yn goncrit drosto i gyd.

"Warren, fan hyn ti'n cwato."

"Ie," safodd Warren ar ei draed, "beth sy, boi? Ody popeth yn iawn?"

"Ody, fel y boi. Newyddion sy 'da fi i ti."

"Jobyn newydd?" holodd Warren gan rwto'i ddwylo yn ei gilydd.

"Nage. Gwell na 'na. Ma Mam newydd fod ar y ffôn. A gesa beth, ma ddi'n dod gatre!"

"Beth?" holodd Bev mewn anghrediniaeth wrth i Warren sefyll yno'n fud.

"Dim ond am benwythnos, ond ma 'na'n ddechre on'd yw e?!" meddai Clembo gan anadlu'n ddwfn, wedi'i gyffroi'n lân.

"Ody, ti'n iawn, Clem. Mae'n ddechre," meddai Warren yn sych gan edrych ar wyneb Bev lle nad oedd unrhyw ymateb i'w weld.

Gwthiodd ei gadair o dan y bwrdd a gadael y caff gyda'i fab dros dro. Roedd hi'n hen bryd mynd at y jobyn, ond roedd angen diod stiff arno yn y Ceff ar y ffordd yno.

* * *

"Diawl o beth yw carrriadon," meddai Dai Ci Bach wrth dowlu dart.

"Fi nawr," meddai Warren gan rwygo dart o'i law a thowlu un fel bwled at y bord.

"Iyffach, ti arrr dân heddi, Warren! Byddwn ni'n ennill y champs ar y rrrât 'ma."

Syllodd Warren ar ei ffrind. Roedd Dai Ci Bach yn gaib ers oriau, mae'n amlwg. Pwysodd Warren ar y bar gan edrych ar ei bartner.

"Alla i byth â chredu 'i bod hi'n dod 'nôl. O'n i'n dechre anghofio amdani hi."

"Ond jest am y penwthnos ma ddi'n dod 'nôl, wedest ti?"

"Ai, penwythnos, ond bydd 'i gweld hi'n ddigon, so ti'n deall 'na?"

Gwyddai Warren nad oedd Dai Ci Bach yn gwybod dim am gwympo mewn cariad.

"Odw, 'wy yn deall. 'Wy'n trrrial anghofio pethe fel 'na. 'Wy'n cofio'rrr ferrrch 'ma, flynydde nôl. Merrrch nobl, mysls ymhob man 'da ddi."

Pwysodd Dai Ci Bach ar y bar a mynnu dybl wisgi. Un iddo fe ac un i'w ffrind.

"Twel, os alli di sianelu'rrr enerrrgy 'ma sy 'da ti iddi i'rrr borrrd darts, byddwn ni'n siŵrrr o ennill yn errrbyn y tims errrill i gyd."

Siglodd Warren ei ben. "W't ti'n meddwl am rwbeth arall heblaw darts weithie?"

Aeth Dai Ci Bach yn dawel. "Grrrynda 'ma. Ti'n dysgu ar ôl blynydde bod y borrrd darts yn dal 'na'rrr un peth y borrre wedyn. A smo fe'n mynd i dorrri dy galon di."

"Ody glei, os gollwn ni yn y twrnament darts."

Chwarddodd Dai Ci Bach gan dynnu'i gap yn dynn am ei ben. Trodd y chwerthin yn beswch cyn iddo ddweud, "Ffàg. Ma ishe ffàg arrrna i."

Dyna'r peth olaf oedd ei angen arno mewn gwirionedd. Sylwodd Warren fod yna flewiach yn tyfu allan o drwyn ei ffrind. Blew hir a thywyll.

Wrth iddyn nhw adael y Ceff – Warren ar y ffordd i'w waith, a Dai Ci Bach yn mynd mas i gael ffàg, meddai Warren. "Sdim neb yn dod i'r toilets ar ddydd Mercher, 'te?"

"Sneb yn cachu ar ddydd Mercher."

Dechreuodd Warren ystyried nad oedd neb yn y pentref bach hwn yn cachu o gwbl. Neu, o leiaf, ddim yn defnyddio'r toiledau cyhoeddus i gachu. Teimlai'n reit chwil wrth fynd i weld sut roedd y jobyn yn dod mlaen gyda Cranc a Clembo. Ond o leia roedd y boen o glywed bod Jennie'n dod gatre yn teimlo'n reit bell i ffwrdd.

* * *

Doedd Bev ddim wedi bod gatre am yn hir pan ganodd y gloch. Doedd ganddi ddim syniad pwy oedd yno, a synnodd yn fawr wrth weld yr wyneb oedd yn aros amdani. Gwenda Gwyn.

"Beverley?"

"Ie."

"Galw gyda menwod y pentref yf fi. Ma Merched y Wawr yn recriwtio ar gyfer yr haf. Fydde 'da chi ffansi...?"

"Na, sa i'n credu," meddai Bev. Roedd hi'n methu credu bod yr wyneb 'da'r fenyw hon i alw heibio. Nag oedd hi'n deall mai hi oedd chwaer Warren?

"Ma ishe pob siort o bobl arnon ni ym Merched y Wawr."

Y peth anghywir i'w ddweud, meddyliodd Bev. "A beth yn union ma 'na'n 'i feddwl?" holodd.

"Wel, ma lot o'r criw yn hen iawn erbyn hyn, ma ishe

gwaed newydd arnon ni. Pobl ifanc."

Efallai nad dosbarth oedd ganddi dan sylw wedi'r cwbwl.

"Alla i ddod i mewn er mwyn dangos y pethe sy mlân 'da ni dros yr haf?"

Clymodd Bev ei gwallt yn ôl a chwarae gyda'i ffrinj. "Gronda, Gwenda, 'wy'n fishi. Ma'r plant gatre, a sdim hwylie ar Sam."

"Reit, 'wy'n deall," meddai Gwenda, "rhywbryd 'to falle?"

"Ie, falle," meddai Bev gan wenu'n ffug. Clywodd Bev sŵn rhyfedd yn dod o'r tŷ. Sŵn rhywbeth yn cwympo. Rhedodd i mewn gan adael y drws yn gilagored.

"Mami, timlo'n sic," meddai Sam cyn chwydu dros y llawr.

"Dim ar y carped, Sam!" Ceisiodd Bev osgoi'r chwd ond sgitiodd dros ei esgidiau.

"'Na ti, paid ti â becso, bach."

Yna, fel petai wedi bod yn aros am yr amser mwya anghyfleus i wneud, dyma Bryn Bach yn penderfynu deffro a gweiddi sgrechian dros y tŷ.

"Blydi Nora!" meddai Bev a chamodd Gwenda drwy'r drws ffrynt.

"O'n i ffaelu peidio clywed. Helpa i. Maga i'r un bach i chi tra bo chi'n sorto'r sic."

Edrychai Gwenda allan o'i lle'n llwyr yn y tŷ, a hithau yn ei dillad Marks and Spencers drud. Doedd dim dewis gan Bev ond derbyn ei help.

"Ocê," meddai Bev, "diolch i ti." Rhuthrodd Bev lan y stâr gyda Sam o dan ei chesail. "Reit te, bath i ti, gwd gyrl."

* * *

Erbyn i Bev ddod i lawr eisteddai Gwenda wrth ford y gegin yn magu Bryn Bach. Roedd e'n jocôs reit, yn gwenu arni gyda'i lygaid mawr. A gweud y gwir, roedd hi bron iawn wedi'i gael e i gysgu unwaith eto. Byddai hynny wedi bod yn rhyfeddol. Llanwyd Bev â rhyw fath o embaras a gwthiodd ei ffrinj o'i hwyneb.

"O jiw, sori am 'na," meddai wrth groesi at ford y gegin.

"Sut ma hi?"

Tynnodd Bev ei chrys-t streipiog i lawr yn dwt gan ddangos siâp ei bronnau a'i bol. "Sam? Jiw, ma Sam yn iawn. Fel 'na ma ddi. Mae'n ca'l nap. Diolch eniwei."

"Peth lleia allen i neud," meddai Gwenda gan bwyntio at fol Bev, "gyda ti'n dishgwl."

Shyfflodd Bev ei thraed yn ôl ac ymlaen wrth geisio deall beth roedd Gwenda newydd ei weud. Roedd dwy ffordd o ddelio gyda hynny.

"Pwy fi? Dishgwl? Nagw glei."

Crychodd Gwenda ei hwyneb. "Reit. Sori. O'n i'n meddwl..." Gwyddai iddi roi ei throed ynddi go iawn.

Chwarddodd Bev yn uchel ac yn iach.

"Be?" holodd Gwenda. "Ti *yn* feichiog wyt ti?"

Chwarddodd Bev unwaith eto; roedd yn braf gweld y snob fach yn gwingo. "Nagw! Ond jiw, paid â becso."

"Shit!" meddai Gwenda, a synnodd Bev ei chlywed hi'n rhegi. Falle bod hon yn fwy ishel nag o'dd hi wedi'i ddychmygu wedi'r cwbwl.

Ymddiheurodd Gwenda am ryw bum munud nes y teimlai Bev fel rhoi hosan yn ei cheg i gau ei phen. Cynigodd Bev baned iddi, a derbyniodd. Rhywffordd, er bod y sefyllfa waethaf posibl yn bodoli, roedd un digwyddiad wedi dangos y gallen nhw fod yn gyfeillgar.

Eisteddodd y ddwy'n dawel am ychydig, ac yna mentrodd Bev, "Os wyt ti'n meddwl fod yr holl samariad trugarog thing 'ma'n mynd i 'nghal fi fod yn aelod o Ferched y Wawr, gwell ti anghofio am y peth."

Gwenodd Gwenda gan roi Bryn Bach yn ei gadair. "Paid â becso, dwi'n deall na fyddi di'n byjo. A ta beth, sa i'n dwlu mynd 'yn hunan."

"Nag 'yt ti?" Doedd Bev ddim yn siŵr oedd Gwenda'n

dweud hyn er mwyn gwneud i Bev deimlo'n fwy cyfforddus.

"Buodd Mami'n Llywydd am flynydde..." Edrychodd Bev yn syn arni. Doedd ganddi ddim syniad am beth roedd hi'n sôn. "Mami o'dd un o'r bosys am flynydde, wedyn ma'r to hŷn erbyn hyn yn dishgwl bo fi'n cymryd at y risponsibiliti."

Gwyddai Bev mai cyfrifoldeb oedd y gair am risponsibiliti ond gwyddai hefyd fod Gwenda'n trio'i gorau glas i wneud iddi deimlo'n gyfforddus.

"'Wy'n gwbod amdanot ti a Warren," meddai Bev wedyn. Doedd ganddi ddim amynedd i falu awyr am y peth.

"Ow," meddai Gwenda.

"Ti'n briod nag 'yt ti?" holodd Bev gan arllwys paned i'w gwestai anarferol. "Ti'n moyn Penguin?"

"Well i fi beido, 'wy'n wheat intolerant."

"Y?" holodd Bev gan agor pecyn iddi hi ei hun.

"So i'n gallu byta gwenith... 'wy'n ffysi."

Gwenodd Bev a chnoi hanner y Penguin gan ei fwyta â'i cheg ar agor.

"Ac odw, 'wy yn briod," meddai Gwenda. "Ti'n gwbod 'na'n iawn."

"Odw," meddai Bev, "jyst bo fi ddim yn deall y busnes cael affêrs 'ma. Sa i eriôd wedi bod yn briod, wedyn bydde ca'l *un* yn ddigon i fi."

Eglurodd Gwenda nad oedd pethe'n rhy dda yn ei phriodas ar hyn o bryd. Soniodd fod y 'Doc' bant lot. Yna, ychwanegodd Gwenda ryw ychydig o gelwydd er mwyn gwneud yn siŵr fod Bev ar ei hochr hi.

"'Wy'n gwbod ei fod e 'di bod yn gweld menwod erill ers blynydde."

"Talu 'nôl yt ti'n neud 'te, tyfe? Ac iwso Warren ni i neud 'ny?"

Plygodd Gwenda ei breichiau ac edrych ar Bev. "Sdim angen i fi brofi dim byd i ti, 'wy'n deall 'na, ond i ti gael gwybod, dwi wir yn lico dy frawd di. Nelen i ddim byd i'w frifo fe'n fwriadol."

Rhoddodd Bev rusk o'r pecyn pinc i Bryn wrth iddo ddechrau cwyno yn ei gadair uchel.

"Mami! Mmmmm!" meddai Bryn Bach.

Gwenodd Gwenda, "Ma fe'n biwtiffwl."

"Ody, ti'n iawn," meddai Bev. Roedd hi'n teimlo falle ei bod hi wedi bod yn galed ar Gwenda. Roedd golwg wedi blino arni. Menyw unig yw hon, meddyliodd.

"Wel, i ti gael gwbod, ma fe'n dy lico di 'fyd."

"Ody e?" holodd Gwenda a theimlai Bev yn flin drosti.

"Ody, ma fe. A rhyngo ti a fi, a Duw a ŵyr sa i'n gwbod pam 'wy'n gweud hyn wrthot ti nawr, ond weles i fe'n pyrnu anrheg i ti heddi."

"Do fe?"

"Do," meddai Bev gan deimlo'n hapus am iddi hi lwyddo i roi ychydig o newyddion da i berson arall.

"Wel, wel," meddai Gwenda gan gochi rhyw fymryn.

Poerodd Bryn Bach ychydig o'i rusks ar y bwrdd a gweiddi, "Pych!"

Chlywodd Gwenda mo'r 'pych', roedd hi'n rhy brysur yn ystyried y ffaith i Warren brynu anrheg iddi. Gwenodd Bev. On'd oedd hi'n rhyfedd fel roedd cariad yn gwneud i oedolion droi'n blant bach mor hawdd?

* * *

Roedd Cranc wedi gadael erbyn i Warren gyrraedd. Heb os, byddai Cranc yn siŵr o feddwl nad oedd Warren yn mynd i fod yno o gwbl. Oherwydd ei fod yn gwybod am ei baranoia, ffoniodd Cranc i ddweud ei fod wedi cyrraedd.

"Grêt, galli di helpu Clembo i fynd ar y to 'te. Nawr os nag o's ots 'da ti, 'wy ar ddêt."

"Gydag Anwen?"

"Hen hanes," meddai Cranc cyn diffodd ei ffôn. Yr hen gi! Gwenodd Warren am fod ei frawd yn esiampl warthus i bob dyn arall yn y byd. Er, doedd e ei hunan fawr gwell y dyddiau hyn. Wrth iddo roi ei ffôn yn ei boced daeth neges arni gan Gwenda. Neges destun yn sôn ei bod hi'n edrych ymlaen at ei weld e heno. Teimlodd ryw fymryn o gyffro wrth feddwl amdani. Byddai noson yn Nhy'n Graig yn braf, rhaid cyfaddef.

"Clembo?" sgrechiodd Warren a daeth wyneb Clem i'r golwg.

"Haia Warren! Jyst mewn pryd. Mae'n pigo bwrw. Ma ishe i ti ddal yr ystol i fi."

Cydiodd Warren yn dynn yn yr ysgol.

"Be sy i neud lan 'na?"

"Ma ishe symud ambell i deilsen. Dŵr yn gollwng pan mae'r glaw yn taro o ryw gyfeiriad."

Holodd Warren a fyddai'n syniad iddo fe fynd lan a gadael i Clembo ddal yr ysgol. Ond roedd Clembo'n awyddus tu hwnt i fynd lan ar y to. Bachgen bach oedd e yn y bôn.

Dringodd Clembo i fyny'r ysgol yn frwdfrydig. Chwifiodd ar ei ffrind a gwenu.

"Ie, ie, bwra mlân â'r gwaith, gwboi," gwaeddodd Warren.

"Fi'n gallu gweld dy ben moel di o fan hyn, Warren!"

Chwarddodd Warren, gan ystyried faint o wyneb oedd gan y boi 'ma. Doedd e ddim yn temilo'n chwil rhagor ac roedd realiti'r ffaith fod Jennie'n dod adre'n fuan wedi dechrau gwasgu'i grafangau i mewn ynddo unwaith eto. Wrth gwrs, doedd hynny ddim yn golygu y byddai hi eisiau dod 'nôl ato, ond roedd e wedi bod yn breuddwydio am ddiwrnod fel hyn ers gymaint o amser fel na allai feddwl yn rhesymol am y peth. Rhoddodd un llaw yn ei boced a theimlo pethau. Yno'n gorwedd roedd y coler ci a'r tennyn a brynodd gan Sue ben bore. Gwerth decpunt o grap, meddyliodd. Canodd ei ffôn a gwelai rif Bronwen yn fflachio. Doedd ganddo ddim oll i'w guddio. Roedd e ar y job, yn gweithio i Gwmni Carcus Cyf, ac yn weithiwr cyfrifol yn dal ysgol i un o'i gydweithwyr. Atebodd y ffôn a gwylio Clembo'n diflannu o'r golwg y tu ôl i'r simne ar y to.

"Warren."

"Bronwen."

"Ma Bi yn gofyn os gallet ti sorto dy hunan mas. Mae e'n clywed dy fod ti wedi bod yn cymryd orie bant yn ystod y dydd. Yn mynd ambythdi'r lle'n joio d'unan."

"A pwy sy 'di 'ngweld i te, Bronwen? Alla i byth â dychmygu," meddai Warren yn goeglyd.

"Pobol sydd wedi dy weld ti'n galifantan."

"Ti?"

"Beth?" holodd Bronwen.

"Ti wedi 'ngweld i'n galifantan? Achos, yn rhyfedd iawn, 'wy 'di dy weld ti'n galifantan 'fyd, cofia."

Trodd llais Bronwen yn gras. "Gronda 'ma, sa i yn y busnes o ddechre gweud wrthot ti shwt i fyw dy fywyd personol, ond ma risponsibiliti 'da fi at Gwmni Carcus. Ma Bi wedi colli'i limpyn ambythdi ti'r wythnos 'ma. Mae e byti colli 'mynedd yn llwyr, a sa i'n lico'i weld e fel 'na."

"Ti'n dishgwl ar bethe ffordd rong nawr, Bronwen."

"Nagw i," meddai hi'n chwerw, "gweud ydw i 'i bod hi'n hen bryd i ti gymryd dy job o ddifri. Ti mor agos â 'na i'w golli fe. Gwna dy orie'n llawn, er mwyn dyn!"

"Wel, rhown ni ddi fel hyn, tyfe, Bronwen? Falle bydd angen i ti gyfro drosto fi damed bach o hyn mlân."

Symudodd Warren oddi wrth yr ysgol a thuag at gefn y tŷ teras. Doedd e ddim yn awyddus i Clembo na neb arall glywed y fargen hon.

"Sori? Cyfro ti?"

"Edrych, 'wy'n gwbod pethe amdanot ti alle olygu dy fod ti mor agos â fi at golli dy jobyn. Ond bo ti mewn sefyllfa damed yn wa'th na fi, so ti'n meddwl?"

"Beth yw hyn, Warren? Blackmail?"

"Galwa di fe'n beth bynnag ti ishe, gwd gyrl."

"Paid ti â gwd gyrlan fi, gwboi."

"Sdim rhagor i weud o's e?" meddai Warren gan deimlo'n

hollol bwerus.

Eglurodd Bronwen y byddai hi'n dod lawr i'r pentref y peth cyntaf yr wythnos ganlynol i neud yn siŵr eu bod nhw'n cadw at amserlen y jobsys. Eglurodd Warren iddi na châi fawr o groeso 'da nhw ac wedi clywed hynny taflodd ei ffôn yn ei thymer yn erbyn wal y swyddfa – er na wyddai Warren mai dyna'n union wnaeth hi. Gwenodd wrth i'w llais ddiflannu – yr hen ast! Dyna'i rhoi hi yn ei lle.

Trodd yn ôl at ei waith. Gwaeddodd ar Clembo, ond ddaeth e ddim i'r golwg. Gwaeddodd unwaith eto, ond roedd Clembo'n amlwg wedi dringo'n ôl i lawr ar ei ben ei hunan pan aeth Warren rownd y gornel. Am ffŵl! Rheol rhif un oedd na ddylid dringo na dod i lawr ysgol heb fod partner yno i'w chadw hi'n solet ac yn stond. Gafaelodd yn yr ysgol a'i sodro ar ben y fan. Yn gyfleus iawn, roedd Cranc wedi gadael yr allweddi yn y fan i'w frawd. I ffwrdd â fe ar wib. Roedd hi'n ddydd Mercher, ac roedd ganddo'i fywyd i'w fyw. Roedd e'n siŵr ei bod hi'n saff iddo yrru, er na theimlai'n hollol sobor chwaith. I'r diawl â phopeth, meddyliodd Warren wrth yrru ar hyd strydoedd cefn y pentref.

* * *

"Mae hi mor lyfli dy ga'l di 'ma, Warren," sibrydodd Gwenda gan afael yn nwylo'i chariad cudd.

"Ai, mae'n neis bod fan hyn 'ed. Gwed 'tha i, os cans 'da ti?"

"Oes. Yn y ffrij."

Cerddodd Warren fel petai gartref ac agor drws y ffrij – roedd honno'n ddigon mawr i alw 'chi' arni hi. "Ma'r ffrij 'ma'n fwy na'n fflat i," meddai.

"Warren!" sgrechiodd Gwenda gan chwerthin. Gwibiodd William Eithin ac Eurwyn Wallace at y ffrij gan obeithio y byddai Warren yn towlu rhywbeth iddyn nhw.

"Towla sosej neu ddwy i'r cŵn!" gwaeddodd Gwenda.

Edrychodd Warren ar y sosejys a'r rheiny'n amlwg wedi'u

coginio y noson cynt. Daliodd un a'i gwynto cyn ei stwffio i'w geg. Doedd e ddim wedi bwyta sosej mor llawn o gig ers ache, ac roedd Gwenda am iddo'u towlu i'r dam cŵn. Towlodd ddarn o fraster bacwn atyn nhw gan ddweud, "Tagwch, y bastards!"

"Wyt ti 'di rhoi'r sosejys iddyn nhw?"

"Do!" gwaeddodd Warren gan gnoi'r darnau olaf a'u llyncu'n awchus.

Yn ôl â fe at ei gariad gyda'i gan yn ei law.

"So ti'n lico San Miguel te? Ma poteli 'na," meddai Gwenda wrth fflicio o un sianel i'r llall.

"Fosters i fi," meddai Warren, "os o's dewis, yntfe."

Cododd Gwenda ar ei heistedd ac edrych ar Warren. "Wy'n meddwl y byd ohonot ti, ti'n gwbod."

Trodd Warren ati hithau a rhoi sws hir iddi ar ei gwefusau.

"Alli di ddim aros yn hir heno achos ma'r merched yn dod nôl yn gynnar o'u gwersi ychwanegol."

"O? A beth am Doctor Gwyn?"

"Bydd e 'nôl yn hwyrach 'fyd. Mae'r teulu i gyd gartre heno."

Teimlai Warren yn chwithig yn sydyn reit. Roedd e mor gartrefol yno nes dechrau meddwl ei fod yn byw yno bellach, ond yn sydyn wrth i Gwenda sôn am ei theulu gwnaeth y gwirionedd ei daro.

"Dim problem." Cododd Warren, ychydig yn bigog. "Bydde'n well i fi adel nawr 'te. Mae'n hanner awr 'di pedwar."

Tynnodd Gwenda ei oferôls a'u taflu ar lawr cyn ei dynnu ati.

"Ma awr fach 'da ni." Mwythodd ei ben moel. "A ma deryn bach wedi gweud wrtha i fod anrheg 'da ti i fi."

Doedd hi ddim wedi gallu ymatal rhag holi – roedd hi ar binnau eisiau gwybod beth roedd e wedi'i brynu iddi.

"Pwy wedodd 'ny wrthot ti?" Gwibiodd y posibiliadau drwy ben Warren. Doedd ganddo ddim syniad beth i'w ddweud.

"Dy whâr. Bues i 'da ddi pnawn 'ma."

"Beth?!" Doedd Warren ddim yn deall.

"Stori hir. Merched y Wawr." Plannodd Gwenda sws nwydus ar wddf Warren.

Tynnodd yntau i ffwrdd. "Merched y Wawr?"

"Wel, beth yw'r anrheg 'te?"

Ceisiodd Warren ddeall beth oedd wedi digwydd. Yna, cofiodd. Y bra coch. Bra coch Sue. Aeth at ei got a gwthio'i law yn ddwfn i mewn i'w boced.

"'Co ti."

Syllodd Gwenda ar y teclynnau. Coleri ci a thennyn.

"I'r cŵn?" holodd Gwenda.

Fyddai modd iddo gael getawê gyda hyn? "Nage. I ni."

Fflachiodd llygaid Gwenda'n ddrygionus, cyn codi a cherdded ato'n bwrpasol. "Ishe whare gême role play, tyfe?"

Gwenodd Warren yn chwithig. "Ie, sbo," meddai, wrth iddo gael ei lyncu gan sefyllfa newydd sbon.

A chyn pen dim, deuai sŵn cyfarth ac udo o Dy'n Graig – ac nid William Eithin ac Eurwyn Wallace oedd yn gyfrifol chwaith. Pan oedd y ddau wrthi'n mwynhau ar y soffa fe ganodd ffôn Warren. Roedd y rhif yn ddierth. Oedodd am eiliad.

"Sori cariad, ma'n rhaid i mi dreial ateb hwn."

"Wwff! Wwff!" meddai Gwenda'n chwareus.

"Helô?" meddai Warren wrth ateb y ffon.

"Ym, helô, tyfe Warren sy 'na? Cari sy 'ma – ro'ch chi'n gweithio ar y tŷ yn gynharach?"

Cododd Warren ar ei eistedd. "O ie, shwt alla i'ch helpu chi?"

"Ym, wel, ma gen i ofn bod un ohonoch chi'n dal ar y to."

"Beth?" holodd Warren.

"Ydy, y boi ifanc. Mae e'n gweud taw Clem yw 'i enw fe. Mae e 'di bod 'na ers orie, ac ma hi'n dechre bwrw glaw yn drwm nawr."

Cochodd Warren at ei glustau a gwisgo'i oferôls. Byddai'n well iddo adael. Yn go glou 'fyd.

Pennod 6

Buan iawn y cafodd Warren y gwaith o wneud pob math o fân jobsys o amgylch Ty'n Graig gan drwsio'r peth hyn, y llall ac arall. A'r peth rhyfeddaf oedd fod Gwenda'n parhau i'w dalu am ei waith, er mwyn teimlo'n llai euog am eu perthynas efallai.

"Gad y drysau am tam'bach," meddai Gwenda gan syllu ar Warren â'i llygaid hudol.

Roedd Warren yn gweithio'n galed yn y garej, yn ceisio torri'r drws newydd i'w faint cywir. Roedd e wedi cael profiad anffodus yn y gorffennol o greu drysau oedd ychydig yn rhy fawr i'r ffrâm ac o ganlyniad roedd un pâr ifanc yn Llangennech yn dal yn methu cau rhai drysau yn eu tŷ.

"Alla i ddim â gadael y peth am funed fach," meddai Warren gan wthio'r pensil a ddefnyddiai i wneud y mesuriadau y tu ôl i'w glust.

Rhwbiodd Gwenda ei hun yn erbyn Warren. "O dere mlân, ma'r tŷ'n wag. Naf i baned i ni wedyn."

Ceisiodd Warren ei orau i beidio edrych fel pe bai wedi gwylltio, ond prin iddo lwyddo. "Gad lonydd i fi, fenyw!"

Syllodd Gwenda arno mewn braw. Dyma'r tro cyntaf i Warren droi arni fel hyn.

"Sori, fi'n sori," meddai Warren wedyn gan roi'r gorau i weithio ar y drws am eiliad. Rhuthrodd Gwenda o'r garej gan anelu at y tŷ. Doedd ganddi mo'r gallu i fod yn grac, ond roedd hi wedi ypseto tipyn.

"Gwenda!" gwaeddodd Warren ar ei hôl, ond roedd hi'n rhy hwyr.

Pwnodd Warren y coedyn oedd o'i flaen. "Damo!" meddai'n

uchel cyn bwrw ymlaen gyda'r gwaith.

* * *

Ddwy awr yn ddiweddarach roedd Warren yng nghôl Gwenda unwaith eto. Roedd y merched yn yr ysgol, Doctor Gwyn yn y syrjeri a Gwenda'n falch o gael y lle iddi hi ei hunan. Rhedai'r cŵn o gwmpas y lle'n rhadlon gan frathu ar goesau'r bwrdd pren yn y gegin, lle'r eisteddai'r ddau gariad cudd.

"Ti ishe rhagor o'r perculated?" holodd Gwenda.

Llowciodd Warren, "Ai, stwff da on'd yw e – y perculated 'ma…"

Gwenodd Gwenda, gwyddai y byddai hi'n llwyddo i berswadio Warren nad oedd fawr o ansawdd i'r hen Kenko Freeze Dried yna.

"Paid â becso am y drws, iawn? Sylwith neb."

Gwenodd Warren yn gam. Yn ei ymdrech i sicrhau fod y drws yn cau'n iawn, roedd e wedi torri gormod arno. Roedd William Eithin ac Eurwyn Wallace yn gallu mynd a dod yn hawdd drwy'r gwagle o dan y drws.

"Wrth gwrs byddan nhw'n sylwi," meddai Warren. "'Wy'n mynd i'w ail-neud e."

Siglodd Gwenda'i phen wrth fwyta bisged. "Nag 'yt. 'Wy 'di gweud. 'Wy'n hapus gyda fe fel ma fe. O'r gore?"

"O'r gore," meddai Warren gan sylwi fod Gwenda'n bwyta llawer mwy yn ddiweddar. A dweud y gwir, roedd hi wedi magu ychydig o bwysau hefyd – yn amlwg yn fenyw fyddai'n bwyta pan fyddai'n teimlo'n hapus.

"Ma'r twrnament darts 'da fi heno," eglurodd Warren a dyma Gwenda'n esgus cymryd diddordeb. A dweud y gwir, doedd ganddi gynnig i'r fath gêm. Pobl dew o'r dosbarth gweithiol, dyna'r math o bobl oedd yn chwarae gêmau mewn tafarndai.

"Fi'n mynd â'r merched am Chinese heno," meddai Gwenda. "'Wy wedi addo trît iddyn nhw am eu bod nhw ar ganol eu harholiade."

"Neis i rai. Fydd y Doc yn mynd 'da chi?"

Gwgodd Gwenda; roedd hi'n hoffi esgus meddwl nad oedd y Doc yn bod pan fyddai Warren gyda hi yn y tŷ.

"Ma'r Doc yn rhy fishi," meddai hi gan syllu arno. "O's siawns 'da chi o ennill heno 'te?"

"Nago's," meddai Warren yn blwmp ac yn blaen cyn iddo ddechrau cwyno am stad y tîm. "Damien Darts," meddai ar ôl ychydig. Doedd dim modd osgoi ei enw. "Bydd e'n whare yn 'yn herbyn ni, twel. Diawl o foi ar y darts."

"Comon 'fyd," meddai Gwenda, "o beth 'wy'n deall."

Pesychodd Warren. Doedd Damien ddim tamed yn fwy comon nag oedd e.

"Ody, sbo," meddai Warren gan sipian ei goffi drud.

"A'i wraig e'n 'bach o haden 'fyd, yn ôl beth 'wy 'di glywed."

Gwenodd Warren. Doedd e ddim yn mynd i ymateb i'r sylw hwnnw.

"Nagyt ti 'di clywed 'ny, 'te?" holodd Gwenda unwaith eto, a gwneud i Warren ddechrau poeni bod rheswm 'da hi dros holi.

"O's, ma enw 'da ddi. Bues i'n gweithio 'na rywbryd."

Heddiw roedd Gwenda'n gwisgo top a hwnnw'n dangos ei breichiau. Nid yn aml y byddai hi'n gwneud hynny. Ac mae'n rhaid cyfaddef bod ganddi freichiau mawr – mor wahanol i freichiau Sue.

"Gwed y gwir nawr," meddai Gwenda, gan fwynhau hel clecs, "nhw ydy un o'r teulu mwya rŷff yn y pentre, yntyfe?"

Symudodd Warren ei ben gan syllu allan drwy'r ffenestr. "Ti'n iawn. Sdim lot o amser 'da fi iddyn nhw."

Gwenodd Gwenda drachefn a sychu'i cheg gyda hances bapur oedd ar y bwrdd. "Lyfli, bydd rhaid i fi brynu'r bisgedi arbennig 'na 'to." Yna, yn ddisymwth, gofynnodd iddo, "ddei di bant 'da fi, Warren?"

"Beth, am sbel hir?" holodd Warren a braw yn amlwg i'w glywed yn ei lais.

Chwarddodd Gwenda. "Na, na! Jyst am benwthnos. Dala i."

Cododd Warren ei aeliau. "Ie, iawn. Ond dala i'n rhan i."

"Fydd dim ishe i ti neud 'na," meddai Gwenda gan awgrymu ei bod yn cymryd trueni drosto am mai gweithiwr cyffredin oedd e.

"'Na'r unig ffordd bydden i'n folon cytuno mynd 'da ti," meddai Warren gan wenu.

* * *

"Paid â bod mor galed ar d'hunan!" meddai Cranc gan dynnu'r dybl wisgi o law Dai Ci Bach. Roedd y sŵn yn y bar yn annioddefol.

"Hiwmiliêshyn! 'Na beth yw rrrhwbeth fel hyn! Hiwmiliêshyn!"

O gornel eu llygaid, gallai Warren a Cranc weld y tîm arall yn dathlu yn y bar arall.

"Drion ni'n gore," meddai Warren gan gwato'r darts yn nyfnderoedd ei bocedi rhag i Dai Ci Bach benderfynu gwneud rhywbeth bydde fe'n 'i ddifaru. Eisteddai Clembo'n ddigalon wrth un o'r byrddau bach a'r Ceff dan ei sang.

"Trrrio'ch gorrre, wedest ti?" meddai Dai Ci Bach yn ei siwt. "Wy 'di gweld babi blwydd heb frrreichie'n trrrio'n galetach."

Aeth y disgrifiad o dan groen Warren, ond edrychodd Cranc yn gas arno, gan rybuddio'i frawd i beidio ag ymateb.

"Wel, mae e wedi paso erbyn hyn. 'Na gyd allwn ni neud nawr yw practiso ar gyfer y twrnament nesa."

"Yrrr un nesa!" meddai Dai Ci Bach gan dynnu'r dybl wisgi o grafangau Cranc a'i lowcio. "Allwch chi fynd i'rrr diawl os y'ch chi'n meddwl bo fi'n mynd i'ch côtsio chi arrr gyferrr yrrr un nesa."

"Côtsio?" meddai Warren. "Do'n i ddim yn deall bod côtsh 'da ni."

Syllodd Cranc yn grac ar ei frawd cyn i Dai Ci Bach ymateb.

"Wel, sdim un 'da chi rrrhagorrr. I ddiawl â chi!" meddai cyn gadael y Ceff yn ei dymer.

"Da iawn, Warren! Jyst y peth," meddai Cranc a dyma Clembo'n gweiddi o gyfeiriad y bwrdd bach, "Cranc? Alla i ga'l lager shandy? Dala i di 'nôl."

Beth oedd wedi dod dros ben Warren i fod mor gas gyda'r hen ddyn? Roedd rhywbeth yn amlwg yn ei boeni. O ben arall y bar, daeth gwaedd.

"Hei, dyn handi!" Trodd Warren i edrych a gweld Damien Darts yn sefyll yno'n fuddugoliaethus.

"Ie?" Sut roedd e'n gwybod am yr enw hwnnw? Dechreuodd Warren deimlo rhyw fymryn o banig, a becso'i enaid fod Sue wedi dweud wrth ei gŵr am eu haffêr.

"Clywed bo ti'n dod lan i tŷ ni wthnos nesa."

"Ydw i?" holodd Warren gan lyncu'i boer. "Odw, ti'n iawn."

"Wrth gwrs bo fi'n iawn," meddai Damien gan fwrw'i gysgod dros y bar. Roedd e'n gawr o foi. "Ma'r Missus yn gweud dy fod ti'n dod i neud cwpl o 'odd jobs' iddi."

"Odw," meddai Warren gan droi'n ôl at ei frawd.

Ond daeth y waedd unwaith eto.

"Hei, dyn handi!"

Trodd Warren ato unwaith eto gan deimlo ei fod yn chwarae rhan mewn rhyw gêm ryfedd. "Ie?" holodd Warren, yn amlwg wedi colli'i amynedd erbyn hyn.

"Tra bo ti lan yn tŷ ni, pam nad edrychi di ar ambell un o'r fideos darts sy 'da fi ar bwys y teli? Falle ddysgi di rwbeth."

Gwenodd Warren a throi yn ei ôl. Edrychodd Cranc ar ei frawd wrth i fois y tîm arall chwerthin a chlincian eu gwydrau cwrw.

"Ti'n moyn i fi ga'l gair gydag e?" holodd Cranc yn dawel.

"Nagw," oedd ateb pendant Warren.

Eisteddai Clembo, Cranc a Warren yn dawel wrth y bwrdd bach gan deimlo'n chwithig heb Dai Ci Bach. Roedd y tîm arall yn dal i sefyll wrth y bar yr ochr arall, a rhai erbyn hyn yn dechrau canu hyd yn oed.

"Mas o 'ma?" holodd Cranc a chododd Clembo ar ei draed yn syth bìn.

"Sa i'n mynd i unman," meddai Warren, " a so chi'n mynd chwaith."

* * *

Pan ddaeth yr alwad fod Sue eisiau cyrri a bod Damien Darts mewn twrnament, neidiodd Warren oddi ar ei soffa yn llawn cynnwrf. Roedd e wedi bod yn hel meddyliau am yr amser da gafodd e gyda Jennie yn Alton Towers slawer dydd ac yn falch iawn o gael rhywbeth arall i dynnu'i sylw. Wrth gwrs, roedd y syniad o fynd at Sue am sesh yn fwy o abwyd fyth o gofio bod Damien wedi gwneud sbort am ei ben yn y dafarn.

Wrth yrru i'r lle têc-awe pasiodd yr hewl a âi i Dy'n Graig. Gwyddai nad oedd Gwenda gartre'r noson honno. Roedd hi a'r Doc wedi mynd i ryw barti gwaith, ond daliai Warren i deimlo'n euog. Roedd Gwenda wedi dechrau dibynnu arno, ac roedd e'n eitha hoff ohoni erbyn hyn. Ond diawl, roedd e'n hoff o Sue hefyd. Hi a'i chorff hyfryd a'i thafod siarp. Roedd meddwl amdani'n ddigon i'w gadw'n effro drwy'r nos.

Wedi casglu'r cyrri, gyrrodd fel y diawl i fyny'r bryn tuag at dŷ Sue, ac wrth iddo wneud cwympodd y bag cyrri ar lawr y car. Anwybyddodd Warren hynny tan iddo gyrraedd y tŷ, ond ar ôl cyrraedd, sylweddolodd fod hanner y Massala a'r Korma yn dal yn gymysg ar fat y car. Aeth yn ôl at y car, a rhoi'r cyrri yn y tybiau plastig â'i ddwylo, cyn llyfu'i fysedd a gobeithio'r gorau. Diolch i'r drefn, erbyn iddo gyrraedd y tŷ, roedd Sue yn yr ystafell molchi ac fe aeth Warren ati'n syth i osod y cyrri ar blatiau. Cyn pen dim, roedd y ddau wrthi'n bwyta'r bara naan a'r cyrri yng nghwmni 'i gilydd.

"Shandi, ti'n edrych yn rŷff heddi, beth sy?" Edrychodd Sue arno gan gymryd trueni drosto.

"Sa i 'di ca'l maldod 'da ti 'to, 'na beth sy'n bod, siŵr o fod," meddai Warren gan wincio a rhoi llond fforc o gig yn ei geg. "Ffein?" holodd drwy'r reis a'r cig.

"Mmm," meddai hithau gan grensian. Stopiodd gnoi am eiliad, cyn gweud gyda'i llygaid bod rhywbeth mawr o'i le.

"Be sy?" holodd Warren gan stwffio mango chutney i'w geg.

Estynnodd Sue fys i'w cheg a thynnu top beiro bic glas allan wedi'i orchuddio gan gyrri. "Beth ddiawl yw hwn?"

Llyncodd Warren. "Blydi hel, o ble dath hwnna?"

"'Wy'n mynd i'w lladd nhw. Gallen i fod wedi tagu i farwolaeth," meddai Sue gan boeri gweddill ei chyrri ar ei phlât.

Doedd hyd yn oed Sue ddim yn edrych yn bert bellach, meddyliodd Warren.

"Yn gwmws," meddai wrthi, gan ddiolch i'r drefn nad oedd hi wedi llyncu'r peth a chan ddiawlo'i hun am gasglu'r holl rwtsh ar lawr y car i mewn i'r tybiau plastig cyrri.

"Ble ma rhif y lle 'da ti?"

"Beth?" holodd Warren. Roedd Sue yn benderfynol o ffonio'r têc-awe a dweud y drefn wrthyn nhw. Ceisiodd Warren feddwl am ffordd o osgoi hyn, ac felly gosododd y platiau naill ochr, cydio yn Sue a'i chusanu.

"'Na welliant, cheeky chops," meddai, gan ddal i gydio amdani'n dynn. Roedd Sue yn ddigon hapus i ufuddhau a dechreuodd Warren deimlo'n bwerus wrth garu gyda gwraig Damien Darts. A hwythau yng nghanol sesh hyfryd, clywodd sŵn car y tu allan i'r tŷ. Neidiodd Warren o'r soffa mewn panig.

"Pwy sy 'na?"

"Drws nesa, siŵr o fod," meddai Sue gan dynnu Warren yn nes ati ar y soffa. Clywodd Warren lais – llais dyn – ac ar hynny dyma'r ddau yn rhewi.

"Ma fe 'nôl!" meddai Sue gan syllu ar ei wats. "Dim ond naw yw hi. Smo fe *fod* 'nôl tan yn hwyr heno!"

Dechreuodd Warren anadlu'n drwm. Dim eto. Doedd e ddim yn gweld sut y byddai modd dianc y tro hwn. Roedd hi'n rhy hwyr i wneud unrhyw beth. Sodrodd Sue'r cyrri a'r sawsiau a'r reis i mewn i fag plastig gan ruthro i'r gegin a'u gwthio nhw'n ddwfn i waelodion y bin. Daeth sŵn traed ar hyd y llwybr at ddrws y tŷ. Anadlodd Warren yn ddwfn. Crasfa. Dyna oedd o'i flaen. Rhedodd y peth trwy'i feddwl. Mis yn Glangwili. Ffaelu cerdded am weddill ei oes...

"'Odd jobs'!" sibrydodd a rhoddodd Sue ei phen drwy ffrâm y drws.

"Beth?"

"Glou! Pa 'odd jobs' wyt ti am i fi neud?"

"Trwsio tap dŵr twym y bathrwm?" meddai hi yn ei chyfer, ac fe redodd Warren am y tŷ bach.

"Helô?" Daeth cnoc ar y drws. Neidiodd Sue a rhedeg ato. Wrth agor y drws, holodd, "Nago's allweddi 'da ti cariad?"

Anwybyddodd Damien hi gan wthio'i hun i mewn i'r tŷ. "Gollon ni."

Gwenodd Warren wrth glywed hyn, er nad oedd lle ganddo i wenu o gwbl.

"Do fe, cariad?" meddai Sue gan ailbwysleisio'r gair cariad.

Gwyntodd Damien y cyrri. "Ti 'di cal têc-awe?"

"Do," meddai Sue, "dath Tracey draw i ga'l un 'da fi." Ar ôl saib ychwanegodd, "A ma fe Warren 'ma. Y dyn handi, t'mod?"

Curai calon Warren yn wyllt. Chwarddodd Damien Darts. "Duw, Duw, ma *fe* 'ma, ody fe? Gobeitho bo ti wedi rhoid yffach o lot o jobs iddo fe neud." Chwerthiniad arall.

"Ma'n rhaid i fi fynd mas," meddai Sue, "ma Tracy'n dishgwl i fi fynd draw ati."

"Beth?" meddai Damien, "a gadel fi 'ma 'da fe Warren? Be ti ishe fi weud 'tho fe am neud nesa?"

"Ma fe wedi neud y rhan fwya o'r jobs," meddai Sue, "dim ond y sinc yn y bathrwm sy 'da fe ar ôl i neud nawr."

Caeodd y drws ffrynt yn glep ar ei hôl. Doedd Warren ddim yn gallu credu fod Sue wedi mynd a'i adael e ar ôl gyda'i gŵr. Am eiliad, gwrandawodd ar sŵn anadlu Damien Darts. Yna, clywodd sŵn traed yn dringo'r grisiau ac yn dynesu at y tŷ bach.

"'Ma lle ti'n cuddio, tyfe?"

"Golloch chi, dofe?" holodd Warren gydag awgrym bach o ddirmyg yn ei lais. Gwelodd fochau Damien Darts yn cochi cyn troi'n wyn.

"Ai, doniol iawn," meddai, "shwt ma'r sinc yn dod mlân?"

"Ma ishe cwpl o bethe newydd arna i," meddai Warren gan geisio peidio ag edrych i mewn i lygaid y cawr.

Edrychodd Damien o'i amgylch yn amheus. "Sdim lot o dŵls 'da ti i feddwl bo ti'n handy man."

"Dim heno, nago's. Dod i ga'l pip i weld beth ro'n i ishe ro'n i'n benna heno."

Cytunodd Damien gan nodio'i ben. "'Wy'n mynd â'r ci am wâc," meddai. "O's nag yf fi 'ma pan ti'n gadel, rho slamad i'r drws ffrynt ar dy ôl."

"Iawn," meddai Warren, ac i ffwrdd â Damien Darts fel pe na bai wedi bod yno o gwbwl.

Roedd Warren yn awyddus i adael y tŷ gynted â phosib. Edrychodd o'i amgylch a phwyso ar y sinc. Anadlodd yn drwm ac ystyried codi'i bac, ond yn hytrach na gwneud penderfynodd anfon neges at Gwenda ar ei ffôn. Soniodd ei fod yn gweld ei heisiau hi, er nad oedd hynny'n dechnegol gywir. Yna, cododd a syllu ar ei wyneb yn y drych. Edrychai'n flinedig ac ychydig yn sâl hyd yn oed. Roedd e'n siŵr fod mwy o linellau ar ei dalcen a bod ei lygaid yn edrych yn fwy pŵl. Clywodd ddrws cefn y tŷ yn agor unwaith eto ac yn wir, ymhen dim, clywodd lais Damien Darts. Doedd bosib ei fod e wedi dod yn ôl o'r wâc mor glou?

"Ti'n dal 'ma?" gwaeddodd Damien.

"Ym, ydw," meddai Warren yn betrus, a chwyrlïodd y

geiriau i lawr y grisiau at glustiau Damien.

"Ti ishe can o Fosters?"

Doedd Warren ddim yn siŵr iawn sut i ymateb. Doedd e ddim yn siŵr chwaith oedd Damien Darts yn chwarae tric arno fe ai peidio. Byddai can o Fosters yn braf, meddyliodd. Cododd ei lais ryw fymryn. "Go on 'te, diolch."

"Der lawr 'ma 'te'r dyn handi," meddai Damien – braidd yn sych, meddyliodd Warren.

Ymhen chwarter awr roedd y ddau yn rhannu'r soffa gyda'i gilydd ac yn gwylio rhyw raglen wamal am bêl-droed ar Sky. Yr union soffa lle buodd Sue a fe'n caru yn gynharach y noson honno.

"Boi Man U yf fi. Ti?"

"Lerpwl," meddai Warren gan ddifaru nad oedd wedi cytuno gyda dewis y cawr.

"Losers yw Lerpwl," meddai Damien, cyn troi at Warren. "Ma nhw'n whare bron mor wael â'ch tîm darts chi!"

Roedd Warren yn cyfri hon yn sgwrs annwyl, o ystyried yr hyn roedd e'n ei wybod am Damien Darts.

"Be? Mor wael ag ro'n ni pwy nosweth? Odyn!" meddai Warren gan yfed o'r can a diolch amdano unwaith eto.

Yna, heb unrhyw rybudd, pwysodd Damien ymlaen yn y gadair gan edrych fel petai'n ysu am gael bwrw'i fol am rywbeth.

"Be byddet ti'n neud taset ti'n ame bod dy wraig di'n ca'l affêr?"

Aeth y gwynt o hwyliau Warren. Gwyddai fod rhywbeth ar droed.

"Pam ti'n gofyn?" holodd, gyda'i lais yn swnio braidd yn wichlyd fel llygoden fach.

"Sue," meddai Damien, "dyw hi ddim 'run peth rhagor. Fi'n becso."

Syllodd Warren ar Damien. Syllu ar ei ben mawr, ar ei fop o wallt du, ac ar ei ên yn crynu.

"Paid ti â gweud gair am hyn wrth y bois, cofia," meddai Damien a'r bygythiad yn ei lais yn hollol real.

"Wrth gwrs na 'na i." Llyncodd Warren ei boer. "Ches i eriôd wraig, wedyn sa i'n siŵr beth fydden i'n neud."

"Ond ath y Judie 'na off 'da rhywun...?" awgrymodd Damien.

"Jennie," cywirodd Warren ei ffrind newydd. "Do, ti'n iawn. Ath hi off 'da ryw dri i gyd."

"Be 'nes ti i'r bastards?" holodd Damien gan roi ei gan o'r neilltu.

Doedd Warren yn dal ddim yn siŵr ai cuddio'r ffaith ei fod yn gwybod mwy nag a ddywedai amdano fe a Sue roedd e. "Ges i eriôd wbod pwy odden nhw."

"Mae'n neis gallu gweud wrth rywun, t'mod?" meddai Damien. "Rhwng dynion, t'mod?"

Gwenodd Warren yn ofalus. "Pam wyt ti'n ame?" holodd gan deimlo'n ddrygionus wrth brocio'r tân.

"Sai'n gwbod," meddai Damien a'i ddwylo fel pe baen nhw'n crynu. "Falle fod pethe ddim cystel yn y gwely..."

Nodiodd Warren, gan godi'i law at ei wddwg. Roedd y sefyllfa hon yn annioddefol.

"Os yw hi'n mynd 'da rhywun arall... " meddai Damien gan wgu ac estyn am ei gan gwag, ei ddal, a'i wasgu'n fflat yn ei ddwylo mawr. "... Ac os ffeindia i mas pwy yw e, wy'n mynd i dorri pob asgwrn yn 'i gorff e."

"Itha reit 'fyd," meddai Warren yn dawel.

"Achos sneb yn mesan 'da Damien Darts."

Ar hynny, diolchodd Warren am ei gan, addo na fyddai'n dweud gair wrth neb a chodi i adael.

"Reit, gwell i fi feddwl am fynd. Dyrnod llawn 'da fi fory."

Cytunodd Damien. "Hei, Warren," meddai gan droi i edrych i fyw ei lygaid, "os glywi di pwy sy wrthi, gad i fi wbod nei di?"

Gwenodd Warren ac edrych ar Damien. "Dim problem," meddai a gadael ar frys.

* * *

Lolfa braf. Lolfa eang gyda waliau hufen. Ac yn y lolfa hon, roedd Clembo a Warren yn sipian te mewn mygiau hufen. Yno, wrth eu hymyl, roedd merch mewn cardigan hufen yn siarad fel pwll y môr. Merch ifanc, ond ei bod hi'n actio fel petai hi dros ei hanner cant.

"Thmo Mami a Dadi yn lico ffyth. 'Na pam ma nhw wedi dewith y lliw crîm."

Gallai hon fod yn ferch bert, meddyliodd Warren. Y ffaith ei bod hi'n rhy hen ffasiwn oedd yr unig reswm pam nad oedd hi.

"Be chi'n moyn i ni neud i'r sgyrting, 'te?" holodd Clembo gan orffen ei baned ac edrych ar y ferch. Roedd e'n amlwg wedi cymryd rhyw ffansi rhyfedd tuag ati.

"Wel, thai 'mo. Ma Mami a Dadi yn bectho bod y thgyrting yn wyn a'r waliau'n crîm."

Gwenodd Warren.' Beth yw'r blydi ots?' meddyliodd.

"Ma Mami'n digwydd meddwl y dylen nhw fod wedi thdico at walie gwyn a thgyrting gwyn yn y lle cyntaf, ond mae'n hawdd gweud 'ny nawr on'd yw e?"

"Ody," meddai Clembo'n glên gan wenu'n llydan.

"Wedyn oth gallech chi beinto'r thgyrting yn crîm fel y walie crîm, bydda i wedi neud fy jobyn yn iawn. Ody'r te'n iawn?"

"Ody," meddai Warren, "diolch i ti, dol. Ble ma Mami a Dadi?"

"Yn aroth yn y tŷ haf am y penwthnoth. Lawr yn Thir Benfro."

"Neis i rai," meddai Warren gan sefyll.

"Tha i mor thiŵr," meddai hithau wedyn, "ma nhw wedi ca'l tywydd ofnadw 'no."

Jiw, ma bywyd yn anodd i'r bobl 'ma wedi'r cyfan, meddyliodd Warren gan wenu'n boléit. Gorfu iddo fe fwrw Clembo o'i berlewyg am ei fod e'n parhau i rythu ar y ferch.

"W! Ac un peth bach arall," meddai'r ferch hufennog. "Ma Hen Fenyw Fach Carno lan fan 'na," pwyntiodd at fenyw tseina ar y silff ben tân, "ma hi'n arbennig o wersfawr...."

Wersfawr? Roedd Warren yn siŵr mai trafferth gyda'i 's' roedd hon yn ei gael, a nawr roedd hi'n eu rhoi nhw i mewn lle nad oedd eu hangen nhw.

"Bydde Mami a Dadi'n torri'u calonne bach tathe rhwbeth yn digwydd iddi hi. Mae hi'n mynd nôl genedlaethe yn y teulu."

Gwenodd Warren gan edrych wedi ymlacio'n llwyr. "Am unwaith yn fy mywyd, 'wy'n gwbod ei bod hi'n saff gweud nad o's angen i chi boeni."

"O?" holodd y ferch mewn hufen.

"Ar y sgyrting y'n ni'n gwitho," meddai Warren yn chwareus. "Fyddwn ni ddim yn twtsia'r lle tân."

Gwenodd y ferch a gwenodd Clembo wrth weld y ferch yn gwenu.

"Mae'n dda clywed 'ny," meddai'r ferch gan syllu ychydig yn rhy hir ar Clembo.

Doedd Warren ddim yn siŵr iawn beth i'w ddweud, a phwysodd ar ei benengliniau, yn barod i osod yr hen gyrtens dros y carped hufen i'w arbed rhag unrhyw baent.

* * *

Pwysodd Clembo 'nôl. "Jobyn da, Warren," meddai gan edrych ar ei dad dros dro.

Gwenodd Warren. Roedd e'n falch bod un jobyn wedi'i gwpla heb unrhyw ffŷs, o leia.

Cododd Warren yn sydyn a theimlo'r gwaed yn rhuthro i'w ben. Roedd y lle yn hufen i gyd erbyn hyn a'r haul yn sgleinio i mewn drwy'r ffenestri eang. Trueni nad oedd Cranc o gwmpas i weld pethau'n mynd yn iawn am unwaith.

"Ffonodd Mam eto neithwr," meddai Clembo gan wenu.

Suddodd calon Warren. Roedd heddiw'n amlwg wedi mynd yn rhy dda. Byddai ond yn deg ei fod yn cael ei lwytho gyda dos o ddiflastod.

"'Wy'n meddwl falle bod angen golchi'r brwshys hyn yn glou, Clem. Ma'r paent 'ma'n sychu'n gynt na'r arfer." Ceisiodd hwnnw anwybyddu'r sylwadau. "Ma ddi'n dod 'nôl cyn bo hir. O'dd hi'n gofyn amdanot ti."

Llonnodd calon Warren. "A beth wedes ti?"

"Wedes i taw'r un hen Warren wyt ti o hyd," meddai Clembo gan chwerthin. "Ti'n meddwl fod y ferch 'na'n mynd i ddod 'nôl gyda rhagor o de? Ma ddi'n bert nagyw hi?"

Tynnodd Warren ei ddwylo llawn paent dros ei oferôls. "Ody, ma ddi, Clem. Dim dy siort di, wrth gwrs."

Syllodd Clembo ar Warren. "Pam lai?" holodd.

"Ma'n nhw siort arall i ni, nagyn nhw," meddai gan geisio gwneud yn siŵr na fyddai'r crwt yn cael ei siomi maes o law.

"Falle," meddai Clembo gan helpu i glirio'r tuniau paent. Aeth ati i dynnu'r cyrtens oddi ar y carped.

"Paid neud 'na 'to," meddai Warren, "bydd ishe i ni symud popeth gynta."

Ond roedd Clembo wedi tynnu eu hanner nhw'n barod, a rywffordd aeth ei esgid yn sownd yn y defnydd. Siglodd yn ôl ac ymlaen gyda'r tuniau paent a'r brwshys yn dal yn ei law arall. Estynnodd Warren amdanyn nhw a llwyddo i'w dal nhw i gyd.

"Lwcus!" meddai Warren wrth wylio Clembo'n sadio, cyn colli'i gydbwysedd unwaith eto a chwympo am yn ôl. Yn ôl tuag at y lle tân. Trawodd Clembo ei ben yn erbyn y silff ben tân a gafael yn wyllt am unrhyw beth fyddai'n ei atal rhag syrthio ar lawr. Gafaelodd yn y silff a llwyddo i osgoi cwympo, ond wrth wneud bwrodd Hen Fenyw Fach Carno ar y silff nes ei bod hi'n siglo yn ôl ac ymlaen uwchben y lle tân. Gweddïodd Warren na fyddai'r hen fenyw fach yn penderfynu parhau â'i hymgais i ladd ei hunan. Yna, siglodd un tro'n ormod a syrthio am y llawr. Gafael! Gafael! Gafaelodd Clembo amdani a'i dal.

"Yess!" meddai. "Save!" fel petai'n chwarae yn y gôl i Aston Villa.

"Lwcus!" meddai Warren unwaith eto gan deimlo dafnau o chwys ar ei dalcen.

Cododd Clembo'n drwsgwl a gosod Hen Fenyw Fach Carno yn ôl ar y silff i eistedd, ond wrth wneud llwyddodd i'w tharo yn erbyn rhyw jwg borffor hyll.

"Own goal," meddai Clembo gan droi i edrych ar Warren.

"Be ti 'di neud?"

Gafaelodd Clembo mewn darn bach o tseina.

"Ma Hen Fenyw Fach Cydweli wedi colli 'i braich."

"Rho ddi 'nôl yn 'i lle," meddai Warren, "a chuddia'r fraich."

Gosododd Clembo'r fenyw i sefyll fel na fyddai neb yn meddwl fod dim wedi digwydd iddi. Casglodd y ddau eu stwff yn barod i'w baglu hi oddi yno.

"Dithed arall, boith?" holodd y ferch mewn hufen a gollyngodd Clem un o'r tuniau paent. "Wpthi dêthi! A chise wedi neud jobyn mor dda 'ma."

"Ie, dithed o de, plîs," meddai Clembo. "Sori, dished. A pedwar siwgir i fi."

Gwenodd Clembo ar Warren er mwyn ceisio siarsio ei dad dros dro i wenu hefyd.

"Ie, lyfli, diolch." Gwenodd Warren arni hefyd.

* * *

Noeth a Phoeth!

Stripers ar gyfer pob achlysur

Ffoniwch Ceri ar 07817 278 378

Chwarddodd Warren wrth orwedd yn ei wely y noson honno. Roedd e wedi gweld yr hysbyseb yn y papur lleol ers misoedd ond chafodd e ddim rheswm i'w ddefnyddio nhw tan nawr. O'r diwedd, roedd yr awr fawr wedi cyrraedd. Parti Cranc! Pe bai'n cael ei ffordd, byddai'n gofyn i'r stripers hyn gyrraedd erbyn diwedd y parti, pan na fyddai neb yn eu disgwyl. Ond yn fwy na dim, roedd e'n awyddus i fwrw mlân gyda'i fywyd waeth beth fyddai ei sefyllfa ef a Jennie. Fyddai dim rhaid i'w fywyd fod ar stop achos ei bod hi ar ei ffordd adre, ac wedi gofyn amdano.

Gwyddai ei bod yn hollol anarferol iddo ddewis mynd i'w wely am naw, ond beth arall oedd dyn i fod neud os nad oedd dim byd o werth ar y teli na dim cans ar ôl yn y ffrij? Roedd ei arian a'i egni'n rhy brin i wneud dim am y peth. Gafaelodd yn ei ffôn ac anfon neges at Sue a Gwenda. Roedd e'n hoff o'r ddwy, ac roedden nhw'n arwyddion o'r ffaith fod ei fywyd yn symud ymlaen.

Gwthiodd ei goesau ymhellach at waelod y gwely a gadael i fysedd ei draed agor a chau. Dyma gyfle i ddangos nad wyt ti'n becso mo'r dam amdani hi, Jennie, Warren bach. Aeth ati a deialu'r rhif ffôn.

"Noeth a Phoeth!" canodd y llais.

"Helô, shwmai, ishe bwco'r stripers yf fi." Roedd sŵn babi'n sgradan yn y cefndir. Eglurodd Warren ei fod e'n gobeithio cael y stripers yn y Ceff nos Wener. Gwyddai fod siawns na fydden nhw ar gael.

"Dim problem," meddai llais rhywun oedd yn amlwg wrthi'n brysur yn gwneud rhywbeth arall yn ogystal ag ateb y ffôn.

"Dim problem?" meddai Warren, gan fethu credu'i lwc.

"Odych chi moyn package wyn, tŵ neu thri?"

"Ym, sa i'n siŵr," meddai Warren wedi'i ddrysu'n lân.

"Wyn – hanner stripad. Tŵ – Ffwl strip. Thri – Ffwl strip a sypreis i'r un sy'n selebrêto."

"Ym, faint gostith pecyn tri?"

"Can punt a £10 o ffî bwco," meddai'r llais yn ddiamynedd, a'r babi'n dal i sgradan yn y cefndir.

"I'r diawl â hi. Pecyn tri, 'te," meddai Warren gan deimlo'n gristnogol iawn ei fod e'n fodlon talu shwt arian i roi pleser i'w frawd ar ei ben-blwydd.

Yn sydyn, clywodd gnoc ar ddrws ei ystafell wely a neidiodd. Siawns na fyddai lleidr yn ddigon cwrtais i gnocio ar ei ddrws cyn dwyn o'i dŷ?

"Helô?" Gwthiodd Bev y drws ar agor a dangos plat iddo. "Wedi dod â swper i ti."

Gwenodd Warren gan ddiolch i'r drefn iddo wneud yr alwad ffôn. Camodd o'i wely a gwisgo gŵn amdano. Aeth i eistedd gyda'i chwaer wrth y ford fach, gan wybod yn iawn ei bod hi wedi dod draw am ei bod hi eisiau gair gydag e.

"Ody e'n ffein?" holodd Bev wrth syllu arno'n bwyta'r lasagne eildwym roedd hi wedi'i wagio o'r pecyn ryw awr yn gynt.

"Ody," meddai Warren rhwng pob cegaid. "Diolch. Lle ma'r plant?"

"Ma Caroline yn 'u carco nhw, achos es i draw i weld Dad."

"Shwt o'dd e?" holodd Warren heb feddwl.

"Iawn. Ond bydde fe'n well o'r hanner tasech chi'ch dou'n folon mynd i'w weld e weithie."

"Reit," meddai Warren, "ond smo fe'n nabod neb."

"Cred ti 'ny, os taw 'na beth ti'n moyn credu," meddai Bev a'i bysedd hi'n chwarae gyda briwsion tost ddoe ar y bwrdd.

Aeth pethe'n hollol dawel am eiliad.

"Eniwei, sa i wedi dod draw 'ma i drafod pa mor crap yw'n teulu ni am edrych ar ôl ein rhieni. Shwt ma trefniade parti Cranc yn dod mlân?"

"Fel mae'n digwydd," meddai Warren wrth grafu'r plat gyda'i fforc, "'wy newydd sorto popeth."

"A sdim byd yn mynd i fynd o'i le, o's e?" holodd Bev a golwg flinedig ar ei hwyneb.

"Nag o's," meddai Warren gan lyncu'r gegaid olaf a lwyddodd i'w chrafu at ei gilydd.

"Ti'n siŵr bod *dim byd* yn mynd i fynd o'i le?" holodd Bev gan syllu ar ei brawd.

Llyfodd Warren saws y lasagne a rhoi plat glân yr olwg yn ôl i'w chwaer.

"Am unwaith, Bev, dim yw dim," meddai gan winco arni.

Pennod 7

Edrychodd Jennie arno a dweud, "Warren, ti'n gwbod 'mod i wastad wedi bod ishe dy ga'l di. Falle dy fod ti'n gomon, falle nad wyt ti'n ennill lot o arian, falle nad wyt ti mor olygus â dy frawd, ond diawl ti'n galler..."

Deffrodd Warren gyda gwên lydan ar ei wyneb. Yna, sylweddolodd iddo fod yn breuddwydio. Roedd e'n cofleidio gobennydd ei goesau wedi cwrlio i fyny tuag at ei fol, a theimlai fel ffŵl hurt. Gwthiodd y cynfasau'n ôl a mynd i folchi'i wyneb. Doedd dim modd cuddio oddi wrthi – roedd hi ymhobman, drwy'r amser.

Aeth at y sinc yn yr ystafell molchi a thowlu dŵr oer dros ei wyneb yn gyflym er mwyn ceisio anghofio cyffyrddiad ei boch hi ar ei foch e. Ei chroen meddal, ei gwallt hi'n cosi ei dalcen a'r ffordd ddrygionus oedd ganddi hi o sibrwd geiriau brwnt yn ei glust chwith. Ei glust chwith, bob tro. Byth yn ei glust dde.

Roedd Cranc wedi gadael neges ar ei ffôn yn dweud eu bod nhw i gyd wedi trefnu cyfarfod yn y Ceff cyn dechrau gweithio. Gwyddai Warren mai ymdrech i geisio perswadio Dai Ci Bach fod y criw yn dal yn griw oedd hyn. Wrth gwrs, er nad oedd Dai Ci Bach wedi bod yn eistedd gyda Cranc, Clembo a Warren yn y Ceff ers rhai dyddiau daliai i fynd yno bob dydd. Roedd peint o gwrw'n ormod o demtasiwn iddo.

Gwisgodd Warren ei oferôls a gyrru i'r pentref. Wrth yrru, pasiodd gar Bronwen a sgyrnygodd hi arno drwy'r ffenest. Chwarddodd yntau, gan wybod na fyddai hi hanner mor llawdrwm arno o hyn ymlaen am ei fod e'n cuddio cyfrinach bwysig amdani hi rhag ei gŵr.

"I'r diawl â ti, Bronwen! I'r diawl â ti!" gwaeddodd gan boeni braidd ei fod yn edrych fel gwallgofddyn i bawb oedd yn digwydd pasio heibio yn eu ceir.

I mewn â fe i'r Ceff gan wynebu rhes o gwynebau cyfarwydd – Cranc, Clembo a Dai Ci Bach. Trodd gwên Dai Ci Bach yn wg wrth iddo weld Warren.

"Hei Warren," meddai ei frawd, "falch o weld dy fod ti 'di troi lan."

Gwenodd Warren yn gam. "Sori 'mod i'n hwyr, bois."

Trodd Dai Ci Bach gan ddewis peidio ag edrych ar Warren wrth iddo ymddiheuro.

"Shwt ma pethe, Dai?" holodd Warren mewn ymgais i dynnu sgwrs normal.

"Symol," meddai Dai Ci Bach yn ddramatig.

"Pam nag'yt ti yn y toilede?" holodd Warren, er ei fod yn gwybod yn iawn beth fyddai'r ateb.

"Sneb yn cachu rhagor."

Chwarddodd Warren a'i geg wedi'i chau'n dynn. Trodd Dai Ci Bach ato a dweud, "Paid â meddwl bo fi wedi madde i ti'r diawl."

Roedd hynny'n ddigon o gadarnhad i Warren fod Dai Ci Bach wedi maddau iddo. Aeth Warren ati i archebu peint, ond wrth iddo wneud daeth gwaedd o ochr arall y Ceff.

"Warren! O's eiliad 'da ti?"

Cododd Warren ei ben gan weld gŵr mewn siwt yn sefyll yno. Un o'r cynghorwyr sir, myn yffarn i. Sut oedd hwn yn gwybod ei enw?

"Be sy?" holodd Warren, gan gymryd yn ganiataol ei fod wedi gwneud rhywbeth o'i le.

"Dere draw fan hyn am funed, 'nei di?"

Pesychodd Cranc. "So ti'n mynd draw ato fe, wyt ti? Gwed 'tho fe am ddod draw aton ni fan hyn!"

Gwthiodd Warren heibio i'w frawd a mentro i'r ochr arall. Syllodd Clembo, Cranc a Dai Ci Bach arno'n mynd heibio.

Agorodd Warren y drws gan syllu ar y criw dethol a eisteddai wrth y byrddau glân. Carped glân hefyd, meddyliodd wedyn. Carped, hyd yn oed! Teils oedd ar lawr eu hochr nhw. Mentrodd y cynghorydd ato gan roi ei law ar un o'i ysgwyddau.

"Warren, achan, beth gymri di?"

"Dim, 'wy'n iawn diolch."

"Jiw, dere achan. Be gymri di?"

"Peint 'te, lagyr plîs."

A'r peint yn ei law, closiodd y cynghorydd at ei ysglyfaeth. "Cownsilor Pryce yw'r enw. Ti siŵr o fod yn 'yn nabod i."

"'Wy 'di gweld dy wyneb di," meddai Warren yn siarp, "beth 'wy 'di neud?"

"So ti wedi *neud* dim byd, Warren. Ond fe *allet* ti neud rhwbeth..."

Doedd Warren ddim yn deall y math hyn o siarad. Siarad cryptig, yn trio dweud lot o bethau ar yr un pryd.

"Gwranda, sa i'n mynd i fynd drwy'r rigmarôl arferol. Soniodd Gwenda Doc wrtha i dy fod ti'n foi dibynadwy."

Crychodd Warren ei dalcen o glywed y gair posh. "Rilaiabl," esboniodd y Cownsilor

"Odw," meddai Warren gan geisio dyfalu beth yn y byd roedd Gwenda wedi'i ddweud wrtho.

"Ma jobyn 'da'r Cownsil i'w neud yn neuadd y pentre, ti'n gweld, ond ma'r gyllideb, y budget, yn dynn. Oes unrhyw obeth y byddet ti'n gallu neud e'n glou ac yn tsiep?"

"Bydde'n rhaid i fi neud y gwaith drw'r cwmni," meddai Warren yn syth wrth syllu ar fwstash hyll Pryce.

"Wrth gwrs 'ny, Cwmni Carcus, tyfe?"

"'Na chi," meddai gan edrych ar y Cynghorydd Pryce. "Bydde'n rhaid i fi ofyn i'r Bòs."

"A ie. Bi, ontyfe?"

"Ie," meddai Warren gan synnu bod y boi hyn yn gwbod cymaint yn barod.

"Gwedwch wrtha i, Warren. Odych chi mewn sefyllfa i roi blaenorieth i'r Cyngor wrth neud y jobyn 'ma?"

"Mae'n dipendo," meddai Warren gan edrych ar ei gyfaill newydd.

Gwenodd Pryce. "Whare teg, so chi'n dwp."

"Nagw," meddai Warren, a chytunodd y Cynghorydd y byddai 'na gelc bach ychwanegol wrth law i'w rhoi ym mhoced Warren os gwnâi'n siŵr fod y jobyn yn cael ei wneud yn glou.

"Ond ma ishe'r gwaith 'ma wedi'i gwpla erbyn dydd Gwener nesa."

"Dydd Gwener?" poerodd Warren, gan sychu diferion o lager oddi ar ei wefusau.

Tawelodd llais Pryce. "Galwn ni fe'n £200 o help llaw?"

"Dydd Gwener amdani 'te," meddai Warren gan glywed sŵn y til yn canu yn ei glustie.

Cafodd restr o'r pethau y byddai'n rhaid iddo eu cyflawni. Arwydd newydd ar fynedfa'r neuadd, glanhau'r gwteri, peintio'r drysau blaen ac ailosod y slabiau cerrig wrth y fynedfa'n daclus. Gwenodd Warren gan ddangos rhes o ddannedd lled wyn.

"Neis i neud busnes gyda chi, Cownsilor Pryce."

Pan gyrhaeddodd yn ôl at ochr y werin yn y Ceff, holodd Cranc e. "Wel? Be o'dd y diawl 'na ishe?"

"Gei di weld," meddai Warren cyn archebu rownd i bawb.

* * *

"Glou!" meddai Warren. "Rho'r polyn cyrtens lan nawr!"

"Ond smo'r arwydd 'di sychu'n iawn eto," cwynodd Clembo gan edrych yn bryderus ar ei dad dros dro.

Roedd Cranc yn brysur yn sgwrio'r slabiau gyda brwsh weiren a dŵr a Dai Ci Bach wedi cael gorchymyn i helpu am fod angen cwblhau'r jobyn ar frys gwyllt.

"Gobeithio bod sesh a hanner yn y fargen, Warren!"

meddai Cranc wrth chwysu ar y llawr.

"'Wy 'di addo sesh o'ndofe!" sgrechiodd Warren. "Nawr bwrwch ati!"

"A hithe'n ben-blwydd arrrnot ti 'fyd, Crrranc," meddai Dai Ci Bach, wedi cymryd trueni drosto.

"Yn gwmws," meddai Cranc, "rheswm arall iddo fe byrnu'r rownds."

"Pen-blwydd hapus, Cranc," meddai Clembo. "So i'n credu 'mod i 'di gweud pen-blwydd hapus wrthot ti eto."

"Do," meddai Cranc, "wedest ti bore 'ma pan gyrhaeddest ti."

"Do fe?" holodd Clembo, wrth osod y polyn cyrten ar ben arwydd Neuadd y Pentref. "Ro'n i'n meddwl taw llynedd o'dd hwnna."

Chwarddodd pawb ond Clembo a bwrodd pawb ati i osod popeth yn eu lle. Roedd y Cynghorydd Pryce wedi ffonio Warren deirgwaith i'w atgoffa y byddai plant yr ysgol gynradd a llawer iawn o'r pwysigion yn cyrraedd erbyn deuddeg ar gyfer yr agoriad swyddogol. Roedd yna ganolfan iechyd amgen yn agor yn y neuadd ymhen y mis, a dyma oedd cyfle'r bobl fawr i ddathlu hynny. Doedd Warren ddim yn siŵr beth oedd ystyr 'amgen' ond roedd e wedi dyfalu mai rhywbeth i wneud gyda bits a bobs menywod oedd e.

Roedd hi'n hanner awr wedi un ar ddeg erbyn hyn a digonedd ar ôl i'w wneud. Edrychodd Clembo ar yr arwydd wrth dynnu'r cyrtens drosto.

"Ma hwn yn gweud Neyadd Bentref."

"Ai?" meddai Warren gan fwrw ymlaen gyda'r gwaith.

"Neuadd gydag 'u' cwpan ddyle fe fod, on'tyfe?

"Nage," meddai Cranc, "'y' sydd ishe."

"Nage," meddai Dai Ci Bach, "ma'rrr crrrwt yn iawn. U cwpan sydd ishe."

Rhwtodd Warren ei law enfawr dros ei dalcen yn rhwystredig.

"Blydi hel!" rhegodd. Mae'n rhy hwyr i'w newid e nawr.

Pam na wedes ti'n gynt, Clem?"

"Nago'n i 'di sylwi'n gynt," atebodd hwnnw gan godi'i ysgwyddau.

Cyn pen dim, roedd plant yr ysgol gynradd yn dringo oddi ar y bws – dros ddeugain o blant swnllyd yn sgradan ac yn joio. Pob un yn gwisgo'u siwmperi coch. Syllodd Warren arnyn nhw'n syn.

"Ody popeth yn ei le, bois?" holodd Clem gan syllu ar ei ffrindiau.

Nodiodd pawb a daeth athrawes fechan i fyny at Cranc. "Bore da! Ble rydych chi'n dymuno i'r plant sefyll i ganu?"

"Paid â gofyn i fi, cariad!" meddai Cranc gan ddangos cledrau ei ddwylo a phwyntio at Warren. "Fe yw'r boi sy'n gwbod y cwbl."

"Nage," meddai Warren gan siglo'i ben, "bydd y cownsilors ar eu ffordd draw whap. Dylen nhw allu gweud 'tho chi beth yw'r cynllun." Gwenodd Warren ar yr athrawes fach. Roedd hi'n eitha ifanc, ac yn eithafol o fyr.

"Diolch," meddai hithau a rhyw dinc arbennig yn ei llais. Bron fel petai hi'n canu.

"Odych *chi'n* mynd i ganu 'fyd, 'te?" holodd Dai Ci Bach gan esgus tynnu'i gap mewn parch.

"Nagw i," meddai'r athrawes gan gochi.

"'Wy'n siŵrrr bod llais fel eos 'da chi," meddai Dai Ci Bach. Roedd e'n amlwg wedi cymryd sglein at hon. Merch brydferth yn ei ffordd ei hunan – roedd 'da hi wallt byr ac roedd rhywbeth anhygoel ynghylch ei bochau.

"So chi wedi bod yn sefyll tu fas i 'nghawod i mae'n amlwg," meddai hi cyn troi at y plant. "Nawr 'te, blant, allwch chi ddod i mewn fan hyn yn eich rhesi'n daclus. Ry'n ni'n mynd i ga'l ymarfer bach cyn i'r bobl bwysig gyrraedd. Mathew Harries, stopa neud 'na! 'Wy 'di gweud wrthot ti o'r blaen. Mae chwarae'n troi'n…"

"Chwerw!" sgrechiodd y plant gan fynd i'w rhesi'n ufudd.

"O'r gore," meddai'r athrawes yn awdurdodol. "Pan ma Miss Jocelyn yn cyfri i dri ac yn towlu'r nodyn atoch chi, 'wy'n moyn i chi ddechrau canu'r gân. A chofiwch, bydd Mr..." Edrychodd ar Warren ac edrychodd yntau arni.

"Pwy, fi?"

"Ie, chi," meddai Miss Jocelyn.

"Warren," meddai Warren wrth i'r criw biffian chwerthin.

"Bydd Mr Warren," meddai Miss Jocelyn, "yn gwrando'n astud ac yn edrych i weld pwy sy'n trio'u gorau glas."

Gwenodd y plant yn angylaidd ar Warren, ar wahân i ddau ddiawl bach yn y cefn a wnaeth i Warren wenu am eu bod nhw'n amlwg ddim am ganu. 'Cân am ein pentref ni' oedd y gân, a Miss Jocelyn yn chwarae cordiau syml ar y gitâr. Ar ôl i'r plant orffen, dyma Cranc a Clembo yn cymeradwyo a Dai Ci Bach yn gwenu fel giât cyn slochian ychydig o'r Coke oedd yn ei botel.

"Wel?" holodd Miss Jocelyn gan edrych ar Warren.

"Bravo!" meddai yntau gan edrych ar Miss Jocelyn. "Cân dda iawn. Neis."

"Cân Miss Jocelyn," gwaeddodd merch â'i phen yn llawn plethau.

"Cân Miss Jocelyn, tyfe?" holodd Warren. "Wel y jiw, jiw!"

Cochodd Miss Jocelyn, gan ddangos siâp perffaith ei bochau.

"Chi wedi'ch gwastrrraffu yn y prrroffeshiwn teacho," meddai Dai Ci Bach cyn troi a gweld rhes o gynghorwyr a phwysigion yn ymuno â nhw. Yn eu plith, roedd Mr Pryce y cynghorydd. Edrychodd ar Warren.

"Popeth yn ei le?" holodd yn gadarn.

"Popeth," meddai Warren.

"Bydd pawb wedi cyrraedd mewn chwarter awr," meddai yntau gan glicio'i fysedd a dweud wrth y fenyw a safai wrth ei ymyl fod angen iddi osod ambell beth fan hyn a fan draw.

Wrth i'r gynulleidfa ddod i mewn, sylwodd Warren fod Bronwen a John Bach yn eu canol. Sylwodd hefyd fod Miss Jocelyn yn egluro wrth ffotograffydd *Papur y Cwm* na fyddai modd iddo dynnu llun ambell ddisgybl oedd yn y côr coch. Gwenodd Warren wrth syllu arni.

"O na, un arall," meddai Cranc yn goeglyd, "ti'n ei lico hi on'd w't ti?"

"Beth?" holodd Warren, cyn sylwi fod gwên ar ei wyneb.

"Nagw," meddai, "sa i'n meddwl 'mod i."

Gwenodd Cranc. "O ie," meddai cyn symud a sefyll ynghanol y crowd.

Dechreuodd yr halibalŵ ymhen tipyn a diolchodd y Cynghorydd Pryce am yr holl waith oedd wedi'i wneud ar y neuadd gan Gwmni Carcus Cyf. Plygodd Cranc a Clembo eu pennau gan dderbyn y diolchiadau'n rhadlon. Syllodd Miss Jocelyn ar Warren a gwenu, ond sylwodd e ddim arni'n gwneud. Yna, daeth y côr ymlaen a chanu'n rhy frwd o'r hanner i gyfeiliant gitâr Miss Jocelyn. Cawson nhw gymeradwyaeth fywiog gan y gynulleidfa (am mai rhieni'r plant oedd eu hanner nhw) cyn i Pryce wahodd y Maer i dynnu'r llenni a dadorchuddio plác newydd ar wal Neuadd y Pentref.

"Ar ran holl aelodau Cyngor Sir Gaerfyrddin," meddai Pryce yn llawn rhwysg, "hoffwn ofyn i'r Maer dynnu'r llenni a dadorchuddio'r plác newydd."

Llyncodd Warren ei boer gan deimlo'i wddf yn sych. Gobeithio'n wir na fyddai neb yn sylwi ar y camsillafu! Wel, sylwodd neb, am i'r hyn a ddigwyddodd amharu ar y darllen. Aeth y Maer ati'n nerthol i dynnu'r cortyn a symudodd y llenni. Yn anffodus i Warren a'r bois, symud hefyd wnaeth polyn y llenni. Symud a chwympo oddi ar y wal gan daro'r Maer yn glatsh ar ei dalcen. Syrthiodd hwnnw i'r llawr gan lanio ar un o'r plant oedd newydd ganu. Dyma hithau'n dechrau sgrechian crio er nad oedd hi wedi cael fawr o niwed, ond roedd y Maer wedi llewygu, ac yn gorwedd yn fflat fel pancosen ar lawr.

"Ambiwlans!" gwaeddodd y Cynghorydd Pryce. "Ambiwlans yn reit handi!"

Syllodd Cranc a Dai Ci Bach ar Clembo, ond roedd e wedi diflannu yn y crowd. Rhedodd Miss Jocelyn at y ferch fach gwynfanllyd a hithau'n dal i esgus crio ar y llawr.

"Miss Jos, fi 'di brifo pen-glin fi," criodd.

"Dyna ni," meddai Miss Jocelyn, "'wy'n siŵr na fydd e'n dost am yn hir. Sdim cwt 'na, o's e?"

Edrychodd. "Nag o's," atebodd.

Brysiodd Warren at y Maer a'r ferch fach.

"Yffach gols, ody e'n iawn?" Roedd y gynulleidfa'n ferw gwyllt erbyn hyn gydag ambell un wedi dod draw at y Maer i'w ffanio gyda'u papurau. Fflachiadau'r camera welodd Warren wedyn, cyn gwylltio'n lân. "Sdim angen i chi'r diawled dynnu llunie, o's e!"

Brasgamodd Bronwen tuag at Warren, ei thafod yn siglo yn ei phen, yn barod i roi pryd o dafod iddo.

"Beth ddiawl yw hyn? Bydd Bi off ei ben pan glywith e. Meddwl shwt enw geith y cwmni ar ôl hyn!"

Edrychodd Warren ar Bronwen. "'Wy'n sori, Bronwen, 'na i gyd alla i weud."

"Beth os na fydd e fyw?" holodd Bronwen yn ddramatig wrth i'r Maer geisio codi ar ei draed.

"'Wy'n credu bydd e'n iawn," meddai Miss Jocelyn dros ysgwydd Bronwen. "Mae damweiniau'n digwydd, 'yn tydyn?"

Edrychodd Warren ar Miss Jocelyn ac edrychodd Bronwen ar y ddau, cyn colli amynedd. "Gwylia di Warren! 'Wy'n dy worno di. Ti'n mynd i dalu'r pris am hyn." Ac i ffwrdd â hi.

Wrth iddi ddiflannu clywyd sŵn yr ambiwlans yn canu'n swnllyd ac ambell un o bobol y pentref yn pwyntio a dweud, "'co fe'n dod!" a "symudwch, 'co fe'n dod!"

Roedd y Maer ar ei draed erbyn hyn, serch y ffaith nad oedd e'n siarad lot o sens. I mewn ag e i'r ambiwlans gyda help dau ddyn mewn gwyrdd. Gwyddai Warren fod yna lond pen yn ei ddisgwyl. Camodd Pryce tuag ato.

"Dwi ddim yn meddwl y bydd disgwyl i mi roi'r £200 'na i ti nawr, fydd e?" meddai gan syllu'n gyhuddgar ar Warren.

"Damwen," meddai Warren, "dyna beth o'dd hi. Allwch chi byth â newid telere fel 'na."

"'Wy newydd neud," meddai Pryce gan fartsio'n ddramatig o'r neuadd.

"Sgiws mi," holodd llais menyw ganol oed mewn siwt rad ac yn dal dictaffon yn ei llaw. "Cwpwl o eirie i *Bapur y Cwm* am yr hyn ddigwyddodd."

"Gobeitho bydd y Maer yn gwella'n glou," meddai Warren. "Sdim byd mwy 'da fi weud."

"Felly, ry'ch chi'n cyfadde mai chi sy'n gyfrifol am y ffaith ei fod e wedi brifo?" holodd hithau wedyn a'i thrwyn hir yn chwilio am stori.

"Wedes i 'na?" holodd Warren yn flin.

Torrodd Miss Jocelyn ar draws y newyddiadurwraig. "Os nag o's ots gyda chi, dwi ishe trafod busnes gyda Mr Warren."

Trodd Warren tuag ati a gweld ei bochau'n sgleinio. Roedd hi'n dal i afael yn llaw'r ferch fach oedd wedi brifo.

"Peidiwch â becso'n ormodol," meddai hi, "ma'r pethe 'ma'n siŵr o baso heibio. Fel 'na welwch chi gyda phopeth."

"Ie, fel arfer, ond ma'r pethe hyn yn dueddol o ddilyn dynion fel fi," meddai Warren gan deimlo pwysau'r wythnosau diwethaf yn drwm ar ei ysgwyddau.

Gwenodd Jocelyn, gan edrych fel Jennie am eiliad. Roedd rhywbeth cyfarwydd am gorneli ei llygaid hefyd.

"Wel, os bydd angen gwneud gwaith yn yr ysgol, bydda i'n siŵr o gysylltu," meddai gan ddal ei gwefusau'n dynn.

"Grêt," meddai Warren a chodi'i ben i edrych ar y cymylau'n casglu uwchben.

"Ond fydda i ddim yn gofyn i chi hongian unrhyw lunie... na chyrtens chwaith," meddai hi gan chwerthin.

Chwarddodd Warren yn uchel am fod angen rhyw ryddhad arno.

"Beth yw'ch rhif ffôn chi?" holodd hi.

Sgrifennodd Warren ei rif ar ddarn o bapur yn frysiog. "Risît o Asda yw hwn," meddai, "ond neith e'r jobyn," meddai wrth roi'r tamed papur iddi.

"Bydd yn ddiddorol gweld beth ry'ch chi'n brynu," meddai hi gan daflu'i phen yn ôl a chwerthin.

"Ti'," nododd Warren, "'ti' nid 'chi', ocê?"

"Ocê," meddai hi, "pam lai. Nawr 'te, miss." Edrychodd i lawr ar y ferch gyda'r rhimyn coch o amgylch ei llygaid. "Yn ôl i'r ysgol â ni."

Diflannodd y plant a Miss Jocelyn i mewn i'r bws oedd yn aros amdanynt.

* * *

"Short back and sides?" holodd Mags gan edrych ar yr olwg druenus ar y boi o'i blaen.

"Unrhyw beth i neud i fi edrych yn smartach," meddai Warren gan syllu ar ei lun yn y drych. Edrychai'n hen.

Sibrydodd Mags wrtho, gyda'i gwallt streipiog coch yn sgleinio yng ngolau'r salon. "Sbriwso cyn y parti, tyfe?"

"Ie," meddai Warren, "ti 'di gweud wrth weddill y merched, 'yt ti?"

"Do," meddai hi gan wingo mewn cyffro. "Ma'n hen bryd i Cranc ga'l 'i cymypans. Ma fe 'di trin rhai o ferched y lle 'ma fel cachu."

Chwarddodd Warren. "Mae e 'di gwella erbyn hyn, cofia!"

"Ody e?" holodd Mags drwy lygaid cul, a'i cholur hi'n pipo i'r golwg.

"Clywes i fod Jennie'n dod 'nôl cyn bo hir, 'ed," meddai Mags. Doedd hon ddim yn credu mewn dal dim yn ôl.

Ceisiodd Warren beidio ag edrych arni rhag ofn iddi weld bod ei geiriau wedi cael effaith arno. "Pwy wedodd 'na wrthot ti?"

"Bev," meddai. "Bev wedodd pan o'dd hi mewn ma'n neud ei hewinedd wthnos dwetha."

"Ody," meddai Warren gan syllu ar ei lun yn y drych yn dweud celwydd am y peth. "Clywes i ryw sôn 'fyd 'i bod hi'n dod 'nôl. Ond smo fe'n boddran fi, cofia, dim erbyn hyn."

Gwenodd Mags arno'n annwyl. "Wrth gwrs ddim," ond pwysodd tuag at ato gan obeithio fod cerddoriaeth y radio yn cuddio'r sgwrs rhag y gweddill. "Ond 'naf i'n dam siŵr dy fod ti'n edrych yn itha hync," a fflachiodd arian y siswrn yn y drych.

"Gn'a di," meddai Warren gan wenu'n fflat ar Mags. Roedd e'n difaru gadael ei fflat ar adegau, a'r pentref yn ddigon bach fel bod pawb yn gwbod hanes ei gilydd.

Yn y drych, drwy gornel ei lygaid, gallai weld fod Bronwen yn cael trin ei gwallt. Sdim ots beth ti'n neud i dy wallt, ti'n dal yn hen ast, meddyliodd Warren. Crynodd wrth feddwl am y neges ffôn fyddai'n ei aros gan Bi yn ôl yn y fflat. Gwyddai y byddai mewn trwbwl mawr am fod y Maer yn dal i mewn yn Ysbyty Glangwili. Dechreuodd pethau deimlo'n fwy o broblem nag arfer wrth iddo edrych i mewn i'r drych a gweld dyn arall yn syllu'n ôl arno.

* * *

TI'N DOD DRAW HENO, RANDI SHANDI?

Neges gan Sue. Roedd e'n hapus iawn o gael y cyfle i ddianc o'i fflat. Wedi'r cyfan, roedd hi'n nos Iau a'r penwythnos yn nesáu. Gwyddai fod yna sesh yn ei aros nos yfory, ond byddai'n rhaid iddo fihafio'i hun gyda'r ledis yn y parti. Heno oedd y noson i garu felly. Anfonodd neges yn ôl ar frys.

BYDDA I DRAW MEWN AWR. COAST CLEAR?

A daeth ateb yn ôl ar frys.

ODY X

Gwisgodd Warren grys glân a meddwl am Sue wrth wneud.

Am ba mor hir y gallai hyn bara? Byddai'n siŵr o gael ei ddal rywbryd. Ac eto, roedd ganddo'r ddawn ryfeddol i osgoi cael ei ddal – yn aml mor agos, ond byth yn cael ei ddal. Er ei fod e'n hoff iawn o Sue, doedd e ddim yn hoff o'r ffaith taw hi oedd yn rheoli eu haffêr. Clic gyda'i bysedd, a byddai Warren yno. Nid nad oedd e'n mwynhau eu caru. Roedd yn braf iawn cael gafael ynddi a'i chusanu, ond roedd hithau'n cael bargen dda iawn hefyd. Bargen wych o'i gymharu â Gwenda. Menyw unig oedd Gwenda, a Doctor Gwyn yn ei hanwybyddu hi bron iawn yn llwyr. Doedd Damien Darts ddim yn anwybyddu Sue. A dweud y gwir, buodd Damien Darts yn ddigon sylwgar i sylweddoli bod rhywbeth o'i le ar eu priodas. Wrth i Warren wisgo'i siaced canodd ei ffôn. Atebodd heb feddwl.

"Helô, Mr Warren?" Roedd e'n adnabod y llais yn syth.

"Miss Jocelyn," meddai. "Shwt 'yt ti?"

"Galwa fi'n Jos," meddai. "Dwi'n dal yn yr ysgol yn gweithio a meddwl o'n i, os o'dd 'da ti eiliad yn sbâr, y byddet ti falle'n galler dod draw i roi help llaw i fi symud cwpwrdd? Mae'r Prif wedi dweud ei fod e'n iawn i fi ofyn i ti."

Doedd hi ddim wedi stopio siarad. Wedi saethu'r geiriau ato un ar ôl y llall. Doedd Warren ddim yn siŵr beth oedd ystyr hynny. Oedd hi'n ei ffansïo fe, tybed?

"Iawn," meddai heb aros i feddwl. "Dim problem. Nawr?"

"Ie," meddai hi mewn llais bach.

"O'r gore, rho bum muned i fi."

Doedd Warren ddim yn siŵr iawn beth i'w ddisgwyl. Roedd hon yn ifanc, yn brydferth, yn annwyl. Siawns nad oedd hi'n awgrymu y câi gyfle i fwynhau ei hun? Anfonodd neges at Sue.

SORI. RHYWBETH WEDI CODI. METHU DOD HENO, CARIAD. SORI ETO.

Gwenodd a baglu'i ffordd drwy'r fflat gan chwilio am ei afftyrshêf. Pan gyrhaeddodd y neges ar ffôn Sue, bu bron iddi daflu'r Nokia 3210 yn erbyn y wal. Doedd Warren erioed wedi gwrthod noson gyda hi cyn hynny. Roedd rhywbeth ar droed, yn amlwg, ac roedd angen iddi fynd at wraidd y mater.

* * *

Cododd Jos ei phen o'r papurau gan dynnu'i sbectol. Roedd hi'n siŵr ei bod hi wedi clywed sŵn.

"Helô?" holodd Warren wrth gerdded i mewn i'r adeilad. Aeth drwy'r neuadd gan deimlo'n rhyfedd am nad oedd plant yno.

"Helô!" gwaeddodd Jos gan redeg ar flaenau'i thraed o'r dosbarth ato. "Fan hyn!" meddai ac aeth Warren ati gan wenu'n garedig.

"Ble ma'r cwpwrdd 'ma te?" holodd yntau'n gellweirus.

"'Wy mor ddiolchgar i chi. I ti," meddai hi gan arwain Warren i'w hystafell.

"Be sydd ar dy ben di'n gweithio tan hanner awr wedi chwech, 'te?" holodd Warren.

Taflodd Jos ei dwylo i'r awyr. "O, paid â gofyn. Ma prosiecte blwyddyn chwech yn gorfod bod ar y wal ar gyfer yr Arolwg."

"Arolwg?" holodd Warren.

"Inspection. Inspectors."

"Reit, 'wy'n gweld. A ble ma'r cwpwrdd?"

"Fan'na," meddai. "Mae e'n llawn dop o ffeils, a bydd ishe'r wal arna i i roi'r pethe 'ma lan arni."

Syllodd Warren ar ei desg yn llawn o bapurau. Roedd hanner afal wedi fwyta'n gorwedd yno a phot noodle gwyrdd heb ei agor. Pwyntiodd Warren at y potyn.

"Smo ti'n byta'r stecs 'na, 'yt ti?"

"Odw," meddai hi gan gochi. "Ond dim ond pan fi'n gweitho'n hwyr."

"Ma Super Noodles lot yn neisach," meddai Warren, heb feddwl ddwywaith.

Cochodd bochau glandeg Jos. "Iawn, cofia i 'na'r tro nesa bydda i yn Asda."

Aeth Warren ati i wthio'r cwpwrdd. Gwthiodd a gwthio. Oedd, roedd y cwpwrdd yn llawn dop o ffeiliau ac yn rhyfeddol o drwm. Eto i gyd, roedd e'n benderfynol o lwyddo.

"O's corff gyda ti mewn fan hyn, neu beth?" holodd Warren a rhuthrodd Jos ato ar flaenau'i thraed unwaith eto.

"'Wy yn flin. Be sy 'di dod drosta i? Helpa i ti nawr."

"Na, na!" meddai Warren gan ddal i wthio er mwyn sicrhau ei fod yn symud y dam peth cyn iddi ddod i'w helpu. Wrth ymdrechu, teimlodd un o gyhyrau ei gefn yn gwegian. "Www!" sgrechiodd gan roi ei law ar waelod ei gefn.

Rhuthrodd Jos ato.

"O na, beth 'yt ti 'di neud? Ti'n iawn?"

Cododd Warren ei ben cyn sylweddoli fod wyneb Jos bellach yn agos agos at ei wyneb e. Pwysodd tuag ati, gan gau ei lygaid a'i chusanu. Gwthiodd ei wefusau yn erbyn ei rhai bychain hi. "'Wy'n well nawr," meddai gan agor ei lygaid.

Roedd e'n disgwyl gweld wyneb hapus o'i flaen ac yn disgwyl un gusan fach arall o leiaf, ond syllodd Jos yn ôl arno'n ddiemosiwn cyn dweud wrtho a'i hwyneb yn goch, "Be ti'n feddwl 'yt ti'n neud?"

Teimlai Warren yn hollol chwithig, "O'n i'n meddwl taw 'na…"

"Nage," meddai Jos gan syllu'n hurt arno. "Nage," meddai unwaith eto gan siglo'i phen yn ôl ac ymlaen yn wyllt a symud y tu ôl i'w desg.

Safodd Warren mor syth ag y gallai oherwydd y boen yn ei gefn, ac edrychodd ar y ferch ddiniwed yn sefyll o'i flaen. Teimlai'n ofnadwy am ei fod wedi camddehongli'r sefyllfa, ac yntau mor ffond ohoni.

"Sori, Jos, sori. Fi sy 'di camddeall."

"Ie," meddai gan eistedd y tu ôl i'w desg a gwisgo'i sbectol. "Ie, chi sydd wedi camddeall," ychwanegodd. "Nawr, os nag o's ots 'da chi, bydde'n well 'da fi gario 'mlaen gyda'r gwaith ar y stafell 'ma ar 'y mhen 'yn hunan."

"Ond y cwpwrt... " eglurodd Warren, gan edrych yn bathetig ar y clamp o gwpwrdd metal mawr.

"Anghofiwch am y cwpwrdd," atebodd gan gladdu'i phen yn ôl yn y papurach o'i blaen.

Allan â Warren ar frys, ond cyn iddo gerdded drwy'r neuadd wag pwysodd ei gefn yn erbyn waliau'r coridor ac edrych ar y to. Anadlodd yn ddwfn cyn ochneidio. Gwyddai i'r holl beth fod yn rhy dda i fod yn wir a theimlai'n ofnadwy am i Jos deimlo mor chwithig. Dyna'r peth olaf yn y byd y byddai e wedi dymuno'i wneud. Wrth iddo adael yr ysgol, roedd yn dechrau nosi, a llanwodd ei galon â düwch unwaith eto wrth sylweddoli mai cusanu llun Jennie mewn ffrâm fyddai ei unig gysur heno eto wedi'r cwbwl.

* * *

"Pen-blwydd hapus!" gwaeddodd pawb ar ochr y werin i far y Ceff.

"Thyrrrti eto," gwaeddodd Dai Ci Bach gan chwerthin fel ci bach drwg.

"Y diawled!" meddai Cranc gan wenu wrth weld yr ystafell yn llawn o bobl.

Gwenodd Bev ar Warren am ei bod hi mor falch fod popeth wedi gweithio cystal. Winciodd ar ei brawd.

"Iawn 'te, fi sy'n ca'l y rownd gynta!" meddai Warren er na fedrai fforddio talu o gwbl mewn gwirionedd. Daeth fflyd o bobl o gefn y bar ato gan weiddi eu hordors. Syllodd Warren drwy'r bar a gweld Sue a Damien Darts yn sefyll yno. Sylwodd Sue arno a winco'n slei arno. Winciodd Warren yn ôl cyn sylweddoli fod Damien wedi dal ei lygad hefyd. Winciodd Damien arno a chodi bawd.

"Hei, dyn handi! Ti'n cymryd rhan yn y twrnament heno?" holodd a daliodd Warren ei anadl.

"Nagw. Ti'n saff heno," meddai Warren a chwarddodd Damien gan ddangos rhes o ddannedd aur newydd.

Doedd Warren ddim yn sylweddoli fod yna dwrnament yn cael ei gynnal yn y bar arall y noson honno. Ceisiodd osgoi edrych ar Sue wedyn am weddill y noson. Doedd e ddim eisiau dim yw dim i'w wneud â menywod o hyn ymlaen.

Ar hynny, teimlai rywun yn gwasgu ei fraich.

"Warren…" Edrychodd, gan ddisgwyl gweld Bev, ond Gwenda oedd yno. Roedd ei llygaid hi'n goch.

"Gwenda!" ebychodd Warren.

"Ti ddim yn meindio 'mod i 'di dod draw, wyt ti? Wedodd Bev y bydde croeso i fi."

Edrychai'n fregus, a gwyddai Warren ei bod hi wedi yfed gormod.

"Dim dy fath di o le yw'r Ceff, Gwend," meddai Warren, "smo neb o dy siort di 'ma, yn enwedig yr ochor hyn."

Gwenodd Gwenda gan edrych yn ddagreuol. "Sa i'n gwybod pwy yw fy siort i rhagor."

Gafaelodd Warren amdani a'i harwain i gornel dawel. Sylwodd Sue ar y pâr yr ochr draw i'r bar.

"Be sy, Gwenda? Ti'n edrych yn ofnadw."

"Ma fe wedi gadel," meddai gan syllu'n obeithiol ac yn gymysglyd ar Warren.

"Ma Doc wedi dy adel di?" holodd Warren mewn anghrediniaeth. Dechreuodd Gwenda hician crio.

"Mae e wedi bod yn gweld Mandy, un o ferched y syrjeri," meddai gan hician crio unwaith eto, "ers wyth mis."

Siglodd Warren ei ben. "Wyth mis?"

"Twenty-eight yw hi," meddai Gwenda a gostwng ei phen. Doedd dim modd rheoli'r crio erbyn hynny.

Syllodd Cranc a Bev draw ar y pâr yn llawn chwilfrydedd.

"Ma croeso i ti aros," meddai Warren, "ond 'wy'n meddwl taw gatre dylet ti fod."

Syllodd Gwenda arno. "Smo *ti* ishe fi, chwaith."

"Wedes i 'mo 'na, dofe?" meddai Warren gan edrych yn

llawn trueni arni.

"'Wy'n dy garu di, Warren," meddai Gwenda'n ddiffuant, "ac os na fyddet ti 'ma i fi nawr, 'wy ddim yn gwybod beth fydden i'n neud."

Gwenodd Warren arni, wrth i gant a mil o bethau hedfan trwy ei ben. "Wel, diolcha nag o's angen i ti feddwl am 'ny." Sychodd ei dagrau ag un o'i fysedd mawr cyn dweud, "nawr cer i'r toilet a sycha'r llyged 'na. A pan ti 'di bennu, dere di 'nôl ata i, neu cer gatre i ga'l rest. Gallen i ddod draw atot ti ar ôl y parti os licet ti."

"Ma'r merched gatre," meddai hi. "'Wy'n mynd i'r tŷ bach," ac i ffwrdd â hi.

Cerddodd Warren tuag at ei chwaer. "Paid â gofyn," meddai, "jyst paid â gofyn."

Wrth i Warren estyn am frechdan ham, pwysodd Bev tuag ato a holi, "A'r sypreis? Ody'r sypreis ar 'i ffordd?"

"Ody," meddai Warren. "Amynedd. 'Na gyd sda fi weud," meddai Warren a'i geg yn llawn o frechdan ham, "yw 'Noeth a Phoeth'."

"Noeth a Phoeth?" holodd Bev gan syllu ar ei brawd gan chwerthin yn uchel. Yna, sylwodd fod Sam yn tynnu ar y lliain oedd ar y bwrdd bwyd.

"Sam! Paid â neud 'na, neu eith Mami'n bysýrc!"

* * *

Ceisiodd Gwenda fynd ati i lanhau'r masgara oedd yn llifo i lawr ei bochau gan syllu'n ddigalon ar ei llun yn y drych. Cerddodd merch ifanc i mewn i'r tai bach, ac fe wenodd Gwenda arni yn y drych cyn i'r ferch ddiflannu y tu ôl i ddrysau un o'r toiledau.

Syllodd Gwenda ar ei chrys pinc o Per Una. Roedd hwnnw wedi mynd i edrych braidd yn dynn arni. Dechreuodd wylo unwaith eto wrth feddwl amdani hi ei hun fel menyw ganol oed, dew, a'i gŵr newydd ei gadael. Fe wnaeth e dorri'r newyddion mewn ffordd ofnadwy hefyd. Gofynnodd am gael mynd â William Eithin ac Eurwyn Wallace am wâc gyda hi ac o dan y coed yn parc y dywedodd e wrthi. Yr un parc lle cenhedlwyd Siwan, eu merch. Roedd yn gylch cyflawn, a chreulon.

"Sa i'n gwbod pam ti'n edrych mor siomedig," dyna roedd y Doc wedi'i ddweud wrthi. "Ti'n amlwg ddim yn 'y ngharu i rhagor, ta p'un i."

Roedd Gwenda wedi synnu wrth glywed y fath eiriau ond syllodd yn ddwfn i mewn i'w lygaid. "Beth rwyt ti'n 'i awgrymu?"

"O dere mlân. Ry'n ni i gyd yn gwbod pwy yw dy wir gariad di."

Doedd Gwenda ddim yn gallu credu ei fod e'n gwybod am Warren. "Sut wyt ti'n gwbod pwy yw e?" holodd.

"O dere," meddai Doc wedyn gan syllu arni, "ti'n caru'r ci 'na'n fwy o lawer nag w't ti'n 'y ngharu i."

Anadlodd Gwenda mewn rhyddhad, ac eto roedd hi'n gwybod ei fod yn dweud y gwir. Nid ei bod hi'n dal i garu'r Doc a'i fod yntau'n ei gadael oedd y broblem. Y broblem oedd y merched, a sut y byddai'r holl newidiadau hyn yn effeithio arnyn nhw. A'r broblem arall oedd y newid byd y byddai'n rhaid iddi hi ei wynebu. Gorfod symud o'r tŷ. Ac arian. Arian oedd y broblem fawr arall, yr arian i'w chynnal hi a'r merched.

Ceisiodd greu ei gwên tai-tchi yn y drych – gwnâi hynny iddi deimlo'n well bob amser. O leia doedd neb wedi marw, dim eto beth bynnag.

Gwichiodd drws y toiledau wrth i fenyw â gwallt melyn ddod i mewn. Gwenodd Gwenda'n reddfol arni yn y drych, ond wnaeth honno ddim gwenu'n ôl. Daeth yn nes ati cyn sefyll y tu ôl iddi yn y drych a dweud:

"Gwraig y Doc wyt ti, yn tyfe?"

"Ie," meddai Gwenda heb ddeall ergyd y cwestiwn.

"Gwraig y Doc sy'n ca'l affêr gyda Warren?" holodd Sue gan droi'i phen a syllu'n greulon ar Gwenda yn y drych.

"Ie," meddai Gwenda eto. Doedd ganddi ddim nerth i brotestio rhagor. Agorwyd drws y tŷ bach a throediodd y ferch ifanc o'i chuddfan. Aeth hi ddim i folchi ei dwylo yn y sinc, doedd hi ddim yn hoffi'r hyn a glywsai. Fe allai pethau droi'n hyll, mor hawdd.

"Rhyfedd 'fyd," meddai Sue wrth i ddagrau o ddicter lenwi'i llygaid.

"Gwraig y boi darts 'na wyt ti, yn tyfe?" holodd Gwenda wedyn wrth gofio gweld Sue yn y siop anifeiliaid anwes ryw dro. Ceisiodd wneud synnwyr o'r cyfarfod rhyfedd hwn.

"Ie, Damien," meddai Sue, "ond bo *fi*'n mynd mas gyda Warren 'fyd."

Cododd Gwenda ei llygaid a chyfarfod â llygaid Sue. Doedd hi ddim yn gallu credu'r peth.

"*Beth*?"

"Glywest ti beth wedes i," meddai Sue.

"'Wy ddim... 'Wy ddim yn deall hyn yn iawn," meddai Gwenda gan wthio'i hances boced a'i thisw'n ôl i'w bag a sythu'i chrys.

"Be ti ddim yn ddeall, cariad? Iaith y werin? Ni'n cysgu 'da'r un dyn."

"Na," meddai Gwenda a'i phen yn troi, "dyw hynny ddim yn bosib."

"Ma fe'n fwy na phosib," meddai Sue gan wenu'n chwerw, "mae e *yn* digwydd."

Syllodd Gwenda ar ei llun yn y drych wrth i sŵn geiriau Sue atseinio yn ei phen.

* * *

Wrth i Warren sefyll gan ddisgwyl i'r stripers gyrraedd, aeth ati unwaith eto i hel meddyliau. Yn bennaf, Jos oedd ar ei feddwl. Gwyddai ei fod yn hunanol. Pam na fyddai e'n treulio amser yn meddwl mwy am ei dad yn y Cartref? Pam na fyddai e'n treulio amser yn meddwl mwy am ei broblemau ariannol? Yr unig beth oedd yn troi yn ei feddwl oedd y ffaith iddo fethu â deall yr hyn oedd yn troi ym mhen Jos. Roedd e'n siŵr ei bod hi wedi cymryd sglein ato. Yn hollol siŵr. Estynnodd am ei ffôn a deialu rhif yr ysgol. Roedd hi'n nos Wener. Doedd dim llawer o siawns y byddai hi'n dal yno, ond roedd yn werth rhoi cynnig arni.

"Helô, Mam?" holodd y llais blinedig ar ochr arall y lein.

"Helô," meddai Warren. "Jos. Fi sy 'ma, Warren. Paid â rhoi'r ffôn i lawr." Tawelodd y llais ar yr ochr arall.

"'Wy'n sori, yn ofnadw o sori am bopeth," meddai Warren ond chafodd e ddim ymateb.

"Paid â bod," meddai Jos o'r diwedd, "fi sy ar fai."

"Nage," meddai Warren, "fi nath gamddeall."

"Fi sy wedi ca'l 'y mrifo gymaint o weithie yn y gorffennol," meddai Jos mewn llais tawel. "Gwell i fi fynd nôl at 'y ngwaith nawr."

"Allen i fynd â ti mas am bryd o fwyd rywbryd i weud sori?" holodd Warren.

"Beth yw'r sŵn 'na yn y cefndir?" holodd hithau.

"'Wy yn y Ceff. Wel? Allen i?"

"O'r gore," meddai Jos, "ond sa i'n addo bydda i'n lot o hwyl, cofia."

Gwenodd Warren. Roedd e'n gwybod ei bod hi'n werth dyfalbarhau. Cytunon nhw y byddai modd trefnu'r manylion eto cyn iddo ffarwelio â hi a diffodd y ffôn. Gwenodd yr athrawes ifanc wrth iddi hi fwrw at ei gwaith am awr fach arall.

"Isht!" meddai Warren a safai wrth ymyl ei chwaer gyda pheint yn ei law. "Pwy yw hon?"

Daeth menyw yn gwisgo siwt i mewn ar ochr y werin i far y Ceff gan edrych o'i chwmpas. Gwibiodd Warren ati rhag i Cranc gael cyfle i sylwi.

"Stripers," meddai hi, "Noeth a Phoeth."

"Grêt," meddai Warren, "der â nhw i mewn."

"A phwy sy'n cael 'i ben-blwydd?" holodd hithau gan dicio

darn o bapur yn ei ffeil.

"Fe," meddai Warren gan bwyntio'n gyfrwys at ei frawd golygus.

"Ooo!" meddai'r fenyw. "Reit. Newch chi seino fan hyn, plîs syr?"

Arwyddodd Warren yn llawen cyn i'r ferch ddiflannu gan ddweud wrtho y byddai 'Noeth a Phoeth' yn cyrraedd y Ceff ymhen ychydig eiliadau. Estynnodd gryno ddisg i'r bobl tu ôl i'r bar a gofyn iddyn nhw ei chwarae. Cyn pen dim roedd cerddoriaeth rywiol yn llenwi'r lle a phawb yn chwerthin. Roedd Cranc yn brysur yn siarad gyda ffrindiau Bev o gwmpas bwrdd bychan. Yn sydyn syllodd ar ei frawd wrth glywed y gerddoriaeth cyn pwyntio ato a gwneud arwydd arno, "wy'n mynd i dy ladd di'. Er hyn, roedd golwg wyllt yn ei lygaid hefyd. Golwg oedd yn awgrymu nad oedd fawr o ots ganddo fod criw o ferched noeth yn mynd i redeg tuag ato unrhyw funud.

Yna, agorodd y drws a throdd pawb gan sgrechian a chwibanu. I sŵn cerddoriaeth rywiol, a digonedd o gymeradwyo cerddodd pedwar o dîm 'Noeth a Phoeth' i mewn drwy'r drysau. Pedwar dyn, mewn thongs. Cwympodd ambell wyneb a bu bron i Warren lewygu. Dechreuodd gweddill criw'r parti chwerthin yn wyllt, ambell un yn crio chwerthin, wrth weld wyneb anfodlon Cranc. Daeth y dynion tuag ato gan siglo'u penolau a chwarae gyda'i brestiau sgleiniog. Gwibiodd Cranc at Warren a chydio yn ei grys. Roedd e'n gandryll.

"Be ti'n meddwl ti'n neud, Warren?"

Ond dod yn nes ato wnaeth y dynion, yn nes ac yn nes cyn hoelio Cranc yn erbyn ei ewyllys ar stôl wrth y bar. Stranciodd Cranc am ychydig cyn gwthio un o'r dynion yn galed a'i bwno yn ei wyneb. Cwympodd y striper mwyaf golygus i'r llawr gan fwrw un o'r lleill hefyd wrth gwympo. Syllodd y ddau arall fel teirw ar Cranc cyn ymosod arno a'u dyrnau'n glanio'n gawod ar Cranc druan o bob cyfeiriad.

Daeth ambell ffrind a llwyddo i dynnu'r stripers oddi arno cyn ei achub a mynd ag ef allan i'r stryd. Wrth iddyn nhw'i gario allan fe waeddodd ar Warren gan boeri, "Ti'n mynd i dalu am hyn!"

"Crrraici Moses!" meddai Dai Ci Bach gan dynnu'i gap yn dynn, dynn am ei ben.

Chwarddodd Clembo. "Duw, Duw!" meddai dro ar ôl tro, cyn gadael y dafarn am fod ei ffôn yn canu.

Cododd Bev o'i sedd gan adael Sam a Bryn Bach gyda Caroline. Cerddodd at Warren. "Ti wedi 'i gneud hi tro hyn, boi."

Syllodd Warren ar ei chwaer a gweld ôl crio ar ei bochau. Roedd dau o'r stripers yn dal ar lawr ac ambell ddynes eofn wedi mentro atyn nhw i'w cysuro. Doedd Warren ddim yn gallu credu na wnaeth e ystyried am funud y posibilrwydd mai dynion fyddai'n perfformio i 'Noeth a Phoeth'.

Ar hynny, camodd Gwenda'n ôl i'r bar gan edrych yn llawer smartach. Aeth at Warren, gan frasgamu heibio'r stripers heb dalu unrhyw sylw iddynt.

Edrychodd ar Warren heb i hwnnw sylwi fod yr wybodaeth a gawsai gan Sue yn llenwi'i llygaid. "Haia, cariad, 'wy'n teimlo'n well nawr," meddai. Gwenodd Warren arni. Syllodd Gwenda heibio iddo dros y bar i ochr arall y Ceff gan roi winc ar Sue. Roedd hi'n amser dial.

Ar hynny, rhuthrodd Clembo i mewn drwy ddrysau'r Ceff. "Warren!" gwaeddodd gyda gwên lydan ar ei wyneb a'i dalcen yn grychau i gyd.

"Ody Cranc yn iawn?" holodd Warren. "Mistêc oedd yr holl beth."

"Ody!" chwarddodd Clembo. "Gesa pwy sy newydd gyrradd... Mam! Ma ddi 'ma."

Daliodd Warren ei anadl. Syllodd ar Clembo a'i galon yn neidio yn ei frest wrth i ddrws ochr y werin i far y Ceff agor. Camodd dynes o'r tywyllwch i olau'r bar a throdd pawb i edrych arni. Jennie oedd yno. Jennie, mewn cig a gwaed.

Jennie. Gwenodd Warren arni a gwenodd hithau'n ôl. Roedd fel petai'r holl flynyddoedd wedi diflannu a hwythau'n cyfarfod am y tro cyntaf un.

"Warren," meddai.

"Jennie," meddai Warren gan wenu'n ofalus wrth i Gwenda sefyll wrth ei ymyl.

"Helô," meddai Jennie gan syllu ar Gwenda. Gwenodd Gwenda arni a syllodd Sue'n chwilfrydig o'r bar arall.

"Warren," meddai Jennie wrth i ddrws y bar agor unwaith eto, "'wy eisiau i ti gwrdd â rhywun..."

"Pwy?" holodd Warren, mewn perlewyg. Camodd dyn enfawr tuag at Jennie gan wenu'n rhadlon ar bawb. Dyn tal, golygus a chanddo frychni haul ar ei wyneb.

"Warren, I'd like you to meet Angus, my husband."

Llyncodd Clembo ei boer heb ddeall yr hyn oedd yn digwydd. Gwenodd Warren gan edrych i fyny ar y gŵr tal. Chwalwyd ei galon yn ufflon yn y fan a'r lle.

Pennod 8

Cododd Warren y botel wisgi a gwagio'r diferion olaf i'w geg. Roedd ei ben yn hollol wag o bob emosiwn erbyn hyn. Teimlai ei gorff yn tynhau, a deuai gwynt afiach o'r gwely. Y gwir amdani oedd ei bod yn hen bryd iddo gael cawod, ond doedd ganddo mo'r awydd i anadlu, heb sôn am folchi. Taflodd y botel wisgi ar y gwely ac estyn i'r drâr i 'nôl llun Jennie. Byseddodd y ffrâm a syllu arni drwy lygaid niwlog. Ceisiodd ddweud ei henw'n uchel, ond methodd, cyn taflu'r ffrâm yn erbyn wal ei ystafell. Chwalodd y gwydr yn fil o ddarnau mân. Pwnodd y fatras drosodd a throsodd cyn laru ar wneud a gorwedd gan syllu ar y nenfwd. Teimlai'r diflastod yn ei lyncu a chywilydd wrth i bawb yn y pentref gwrdd â gŵr newydd, golygus, Jennie ar yr un pryd ag e gan sylwi ar y syndod a'r rhyfeddod ar ei wyneb. Roedd yn ddigon i wneud iddo ysu am ddiflannu. Ac ar ben hynny oll, doedd ei frawd ei hun ddim yn siarad gydag e ar ôl ei gamgymeriad gyda'r stripers.

"Ga i ddod mewn?" Clywodd Warren lais bach ei chwaer y tu allan i'r drws. Sut roedd hon wedi llwyddo dod i mewn heb iddo glywed smic o sŵn?

"Iawn," meddai Warren na fyddai'n hidio pe bai hi'n taflu bwcedaid o ddŵr oer drosto.

Rhedodd Sam i mewn hefyd. "Wnc War," meddai wrth afael yn ei law.

Gwenodd Warren, gan nad oes modd peidio gwenu na gwrthod rhoi sylw i blant. "Sam fach," meddai cyn edrych ar ei chwaer a hithau'n cydio'n dynn yn Bryn Bach.

"Ti'n deall faint o'r gloch yw hi?" meddai Bev gan roi Bryn Bach ym mreichiau ei wncwl. "Dal hwn i fi am funed." Gafaelodd Warren ynddo er nad oedd yn dymuno gwneud. Cydiodd Bev yn y botel wisgi.

"Oes cnoc arnot ti, neu beth? Ti'n gwbod bod yfed jyst yn gneud popeth ganwaith gwa'th."

Caeodd Warren ei lygaid gan ddal yn dynn yn Bryn Bach.

"O's 'da ti rwbeth i weud, 'te?" holodd Bev yn heriol.

"Sdim byd *i* weud," meddai yntau.

"Yn amlwg, ti'n ypsét am Jennie."

"Nagw," meddai Warren.

"Cwyd o'r gwely 'na," meddai Bev, "'wy wedi dod â cino i ti. Steak and Kidney Pie o'r Co-op. Twyma fe, byta fe, a golcha'r llestri wedyn."

Rhwygodd Bev y llenni ar agor gan adael i haul cynnes amser cinio daflu ei wres dros yr ystafell dywyll.

"Pam 'nes ti 'na?"cwynodd Warren.

"Pam? Achos 'i bod hi wedi troi hanner dydd!" meddai Bev. "Der mlân, War, cwyd o'r gwely 'na, wir!"

Anwybyddodd Warren ei chwaer gan estyn ei freichiau, a Bryn Bach, iddi.

"Os nag o's ots 'da ti, licen i 'bach o dawelwch."

Gafaelodd hithau yn Bryn Bach a thynnu Sam ar ei hôl. "Warren, bydden ni i gyd yn lico tamed bach o dawelwch."

Martsiodd Bev o'r ystafell gan adael ei brawd truenus yn dal i orwedd yn swp yn y gwely. Cafodd lonydd am ryw hanner awr a'r haul yn taro'i dalcen. Roedd wedi sobri ryw ychydig cyn i ymwelydd arall alw heibio.

"Cwyd, y ffŵl!" gwaeddodd Cranc a sgleinar du'n disgleirio ar ei lygad chwith.

"Cranc!" meddai Warren mewn sioc. "Be ti'n neud 'ma?"

"Trial sorto 'mrawd i mas. Bev yn gweud bo ti mewn mès."

Taflodd Warren ei ben yn ôl ar y gobennydd. "Sa i'n fès, 'wy'n iawn."

"Iawn ti'n galw slochian wisgi yn y gwely am un o'r gloch y pnawn?"

Gwenodd Warren yn pathetig. "Iawn-ish 'te. Sori am ddoe."

"Dylet ti fod, 'fyd," meddai Cranc, "ond 'wy'n deall taw mistêc o'dd e..."

"Ie," meddai Warren.

Pwysodd Cranc ac edrych ar ei frawd. "Warren, ma pobl yn becso amdanot ti. Ti'n gneud mès llwyr o dy fywyd ar hyn o bryd."

"Nagw," meddai Warren, "jyst bore 'ma, ar ôl gweld Jennie neithiwr."

"Ma Jennie ar dy feddwl di drwy'r amser," meddai Cranc, "dim ots a yw hi 'ma neu beidio."

Gwenodd Warren ar Cranc. "Falle bo ti'n iawn," meddai'n wan.

"O'n i'n meddwl bo ti'n lico'r tîtsyr 'na," meddai Cranc gan roi sioc i'w frawd wrth gyfeirio ati. "O'n i'n meddwl bo ti'n symud mlân."

"Odw, ond sdim pwynt. Ti'n iawn, ma popeth yn fès."

Edrychodd Cranc ar ei frawd gan sylweddoli ei fod yn syllu ar ddyn a oedd hefyd wedi bod drwy'r felin.

"Edrych, War, pan ti'n cyrradd y llefydd hyn mewn bywyd, ma'n rhaid i ti neud penderfyniad..."

Roedd yn gas gan Warren glywed dynion yn siarad am emosiynau.

"'Wy'n gwbod," meddai Warren, gan geisio osgoi'r sgwrs.

"Na, ti ddim yn gwbod," meddai Cranc, "dyna'r broblem. Ma siawns 'da ti nawr i sorto pethe mas yn dy fywyd, ca'l cariad deche, rhoi'r gore i'r tabledi cysgu. A rhoi'r gore i feddwl a breuddwydio am Jennie."

Syllodd Warren ar ei frawd.

"It's now or never," meddai Cranc a'i lygad du'n sgleinio'n borffor erbyn hyn.

"Falle bo ti'n iawn," meddai Warren wrth iddo geisio dychmygu faint o nerth oedd ganddo ar ôl i frwydro.

"Fydd e ddim yn hawdd, ond mae'n werth trial. Nag 'yw e?"

Edrychodd Warren ar ei frawd. Roedd e am gytuno'n syth, a newid ei holl fywyd gyda chlic ar y bysedd. Ond gwyddai fod pethau'n fwy cymhleth na hynny.

"A gyda llaw," ychwanegodd Cranc ar ôl ychydig eiliadau, "'wy'n meddwl mynd i weld Dad pnawn 'ma."

Agorodd Warren ei lygaid led y pen. Efallai fod pethau *yn* dechrau newid mewn gwirionedd.

* * *

Dringodd y ddwy i'r car yn llwynogaidd.

"Dilyna 'i gar e. Sa i'n gwbod lle mae'r diawl bach yn mynd."

Syllodd Sue a Gwenda drwy ffenest y car a hithau'n dechrau nosi. Roedden nhw wedi eistedd y tu allan i'r fflat ers hydoedd. Roedd y ddwy'n awyddus i weld beth arall a wnâi Warren yn ei amser sbâr.

Dringodd Warren i'r car yn drewi o afftyrshêf. Cranc oedd yn iawn, doedd hi ddim yn hawdd ond roedd yn werth trio newid pethau. Roedd Jos yn falch iawn o dderbyn galwad ganddo a threfnwyd bod Warren yn ei chodi ar bont y pentref cyn mynd mas gyda'i gilydd i dafarn yn ardal Abertawe. Wrth iddo yrru, gwelodd hi'n sefyll yno mewn siaced goch drwsiadus. Gwenodd yn betrus cyn codi llaw arno.

"Heia Warren," meddai gan gochi wrth ddringo i mewn i'r car, ac i ffwrdd â nhw ar eu trip cyntaf un gyda'i gilydd.

"Ti'n edrych yn lyfli," meddai Warren wrthi.

"Diolch," meddai hithau cyn edrych ar y tapiau yn y car. "Bon Jovi," meddai hi.

"Rho fe mlân os ti moyn!"

"Ym, na, 'wy ddim yn lico Bon Jovi a gweud y gwir. 'Wy'n fwy o ferch Norah Jones."

"Norah pwy? Yr unig Norah 'wy'n gwbod amdani yw Nora Batty!"

Chwarddodd Warren, a chwarddodd Jos hefyd. Roedd hi'n hoffi'r ffaith eu bod nhw'n hollol wahanol, ond yn dal i ddod ymlaen gyda'i gilydd.

* * *

Chwarddodd y ddwy yn y car y tu ôl iddyn nhw.

"O'n i'n gwbod!" meddai Sue a llanwodd llygaid Gwenda â dagrau.

"Paid â mynd yn ypsét," meddai Sue yn gadarn, "cŵn yw dynion, mae hynna'n ffaith."

Byseddodd Gwenda dapiau Sue. "Bonnie Tyler," meddai.

"Chware fe os ti'n moyn, del," meddai Sue.

"Allwn ni gal y radio mlân yn lle 'ny? Sa i'n lico Bonnie Tyler."

"Beth wyt ti'n lico, 'te?"

"Sa i'n gwbod, tamed bach o stwff clasurol a Norah Jones. 'Wy'n lico Norah Jones."

"Sa i'n gwbod pwy yw hi," meddai Sue.

A chwarddodd y ddwy. Roedden nhw'n wahanol iawn, ond roedd ganddyn nhw un nod yn gyffredin. A dial ar y dyn handi oedd hynny.

* * *

"Be wyt ti am 'i ga'l?" holodd Jos, a'i llygad ar y dover sole.

"Stecen. Well done," meddai Warren gan wenu. "Ti?"

"Dover sole, 'wy'n meddwl," meddai Jos a syllodd Warren arni'n ddiddeall. "Ffish."

Chwarddodd y ddau cyn i Jos ei holi. "Wyt ti'n gweitho fory?"

"Ar ddydd Sul, nagw, ond 'wy'n foi prysur, cofia. Gwneud lot yn y gymuned."

"O?" holodd Jos a'i llygaid yn disgleirio.

"Trial helpu pawb, fi," meddai Warren gan wenu a syllu i fyw llygaid ei ddêt. Roedd hi'n brydferth ac yn annwyl iawn. "Un o ble wyt ti?" holodd Warren, "achos ma rhwbeth sbesial iawn yn y dŵr, lle bynnag ma fe."

Cochodd Jos. Fyddai dynion ddim yn dweud hynny wrthi'n aml.

"Aberystwyth. Ma Mam a Dad a 'mrawd i'n dal i fyw 'na," meddai gan wenu.

"Duw! Cardi wyt ti!" meddai Warren yn chwareus. "Dim ti fydd yn talu heno 'te!"

Wrth i'r ddau chwerthin yn braf wrth y bwrdd yn y cornel, gwyliai'r ddwy arall bob symudiad o'r bar.

"Alla i ddim credu'r peth," meddai Gwenda gan yfed rhagor o win coch. "Mae e wedi llwyddo i 'nhwyllo i'n llwyr."

"Ai! Fi hefyd," meddai Sue. "Ma angen 'i sbaddu fe. Edrycha ar y ffordd mae e'n 'i witsio hi. A dyw e ddim hyd yn oed mor olygus â 'ny."

Gwenodd Gwenda ar Sue. "Yn gwmws," cytunodd hithau.

"Ma angen i'r boi 'na ddysgu'i wers. 'Wy'n moyn neud yn siŵr na fydd e'n handi iawn erbyn i ni orffen gydag e," meddai Sue gyda gwên slei ar ei hwyneb.

"'Wy'n cytuno," meddai Gwenda gan orffen ei gwin. "Der drws nesa i'r lounge-bar i ni ga'l penderfynu beth fydd ein cynllun ni. Allen i neud gyda diod arall beth bynnag."

* * *

Cusan araf yn y car. Doedd Warren ddim yn siŵr oedd yna unrhyw beth gwell. Roedd e wedi gadael Jos wrth y bont a hithau wedi cerdded i'w thŷ yn ysgafn droed. Hedfanai pilipalod o gwmpas bol Warren wrth iddo orwedd ar y gwely yn ei fflat. Teimlai fod rhywbeth yn wahanol yn y modd y teimlai tuag at Jos o'i gymharu â'i deimladau tuag at Gwenda a Sue. Roedd ganddo ychydig o gydwybod am hynny ond, mewn gwirionedd, help i anghofio am Jennie fuodd Gwenda a Sue tra bod ei gyffro tuag at Jos yn hollol real.

"Jos," meddai'n uchel gan wenu yn y tywyllwch.

Yn sydyn, gwyddai fod ei fywyd yn gwella a bod yna bethau gwell fyth ar y gorwel. Roedd e'n dal yn go fregus ar ôl ei anhapusrwydd o golli Jennie ond roedd ychydig o fwynhad ynghudd yno hefyd. O'r diwedd, Warren, all pethau ond gwella, meddyliodd.

Cododd o'r gwely a mynd i nôl glasied o laeth o'r ffrij. Wrth iddo wneud, pasiodd ei ffôn a sylwi bod y golau coch yn fflachio. Paid â gwasgu'r botwm, meddai wrtho'i hun, paid â gwasgu'r botwm. Ac fe wasgodd y botwm. Un neges oedd yn aros amdano.

"Sori i dy boeni di boi. Gwbod bo ti 'di bod ar ddêt. Ond ma Bi ar ein hole ni, go iawn. Ti'n cofio'r gwaith ro'n ni fod i neud i Castrati? So ni wedi'i neud e. A ti'n cofio'r Pritchards? Ma Bronwen yn conan am ryw fusnes gyda 'Menyw Fach Casnewydd' neu rywbeth. Wel, i'w roi e'n blaen, ni yn y cach. Ma angen i ni fynd o 'ma. Ffona fi."

Safodd Warren uwchben y ffôn a cheisio peidio â meddwl yn ormodol am y peth. Digon i'r dydd ei ddrwg a'i dda ei hun. Hen Fenyw Fach Carno, meddyliodd Warren, nid Hen Fenyw Fach Casnewydd. Gwenodd, cyn gwgu wrth feddwl beth fyddai'r cynllun, ac i ffwrdd â fe i'r gwely. Am y tro cyntaf ers misoedd doedd llun Jennie ddim yn gorwedd mewn ffrâm yn y drâr. Un droed o flaen y llall, meddyliodd, cyn llithro i gwsg lled-felys.

Roedd ar fin syrthio i gwsg dyfnach pan glywodd gnoc ar y drws a sŵn rhywun yn crio. Cododd yn ddiog a cherdded at y drws gyda'i lygaid bron iawn ar gau.

"Clembo!" ebychodd, wrth ei agor.

Safai Clembo yno a'i fochau'n goch. "Warren, ma Mam wedi gadel. Ma'r Angus 'na wedi mynd â hi."

Safodd Warren yn ei focsyrs a'i fol mawr llawn bwyd tafarn yn gwthio tuag at ei fab dros dro. "Paid ti becso," meddai wrtho, "fe ddaw hi 'nôl." Gwaetha'r modd i mi, meddyliodd Warren.

Gwnaeth hynny i Clembo deimlo'n fwy dagreuol fyth. "Na, so ti'n deall. Maen nhw wedi gadael am Majorca, a smo nhw'n dod 'nôl ffordd hyn i fyw. Byth! Fydde hi'n iawn i fi aros 'ma heno?"

Agorodd Warren y drws led y pen.

"Wrth gwrs 'ny, boi," meddai cyn tynnu'r creadur anffodus yr olwg i mewn o dywyllwch y nos.

* * *

Cnoc galed ar ddrws y bwthyn ger y bont. Cnoc arall. Rat-ta-ta-tat! Siawns nad oedd Warren wedi dod yn ei ôl? Doedd hi ddim yn hapus am hyn o gwbl.

Agorodd y drws, a'i gŵn nos glas golau yn rhedeg ar hyd y llawr. "Helô?"

Safai Gwenda a Sue yno. Sue gydag allweddi'i char yn tinclan yn ei llaw, a Gwenda'n dal yn gaib gyda siâp coch wedi'i staenio uwchben ei gwefus.

"Jocelyn?"

"Ie, pwy y'ch chi?"

"Gawn ni ddod mewn os gwelwch yn dda? Mae'n eitha pwysig," meddai Gwenda yn awdurdodol gan gerdded i mewn i dŷ'r athrawes.

"Ond..." meddai Jos wrth syllu'n ddiymadferth ar y ddwy'n croesawu eu hunain i'w thŷ.

Gwenodd Sue ar Jos, "'Wy'n addo i ti, byddi di'n diolch i ni am hyn, cariad."

Mentrodd Jos yn ôl i'w thŷ ei hun wedi drysu'n lân.

Pennod 9

Wrth i'r tri dihiryn yrru'n ôl i'r pentref y noson honno, llechai teimladau anniddig ym mrest y tri. Roedden nhw wedi llwyddo i ddianc i'r Bannau am y diwrnod, er mwyn rhoi cyfle i'r holl bobl oedd ar eu holau anghofio am bob dim. Ond, erbyn hyn, roedd yn rhaid iddyn nhw ddychwelyd i'r pentref. Wrth gwrs, fe wnaethon nhw ystyried aros yn Aberhonddu dros nos ond fyddai arian ddim yn caniatáu iddyn nhw aros fawr hirach ac felly beth yn y byd fyddai'r pwynt aros yno o gwbl? Na, y syniad gorau oedd iddyn nhw sleifio'n ôl yn hwyr y nos i'r pentref. Byddai Castrati wedi mynd i'w wely, a Bi wedi cael digon ar chwilio amdanyn nhw. Doedd perchnogion Hen Fenyw Fach Carno ddim y teips i aros i fyny wedi naw o'r gloch waeth beth fyddai wedi digwydd iddyn nhw.

Edrychai'r pentref yn hollol wahanol yn y tywyllwch a mentrodd Warren holi, "Ti ddim yn meddwl y bydde hi'n saff i ni ga'l diod bach yn y Ceff, w't ti?"

"W't ti off dy ben yn llwyr, gwed?" holodd Cranc gan droi ato wrth yrru.

"Cadw dy lyged ar yr hewl, nei di!" gwaeddodd Clembo a'r cylchoedd coch yn dal yn amlwg o dan ei lygaid. Gwaddol noson emosiynol a'r wisgi neithiwr.

Am ryw reswm rhyfedd, cawsai Warren noson wych o gwsg, er bod yr holl bobl ar ei ôl. Doedd e ddim yn cofio iddo freuddwydio am Jennie chwaith, ac roedd hynny'n beth braf iawn. Canodd ei ffôn wrth i'r car yrru drwy'r pentref. Jos oedd yno, a'i henw'n fflachio'n groesawgar ar y sgrin.

Atebodd Warren. "Haia, Jos, popeth yn iawn?"

"Iawn? Odyn. Pam ti'n gofyn?"

"Sa i'n siŵr," meddai Warren wrth sylweddoli bod Cranc a Clembo'n gwrando ar ei sgwrs. "Meddwl o'n i falle bo ti ddim wedi ca'l amser da iawn mas 'da fi yn y dafarn pwy noswaith, achos bo' fi ddim wedi clywed gair oddi wrthot ti ers 'ny."

"'Wy'n flin," meddai Jos yn dawel, "'nes i ddim meddwl. A 'wy'n flin am ffonio'n hwyr 'fyd."

Oedodd Warren; roedd rywbeth gwahanol yn ei llais hi heno.

"Warren," meddai hi'n araf, "wyt ti'n rhydd nos fory?"

"Odw, pam? Ti ffansi mynd mas?" holodd Warren gan winco ar ei frawd. Taflodd Cranc ei ben yn ôl gan wenu'n llydan. Y brodyr yn llwyddo gyda'r merched eto!

"Na. 'Wy ddim ishe mynd mas," meddai Jos yn bendant, "'wy'n moyn i ti ddod i 'ngweld i."

"Ocê," gwenodd Warren, "yn y bwthyn bach, ife?"

"Nage," meddai Jos, "yn yr ysgol. Dere â potel o win a thei ysgol 'da ti."

Pesychodd Warren. Roedd y cyffro'n ormod iddo. Yn wir, roedd yn rhaid cyfadde hefyd nad oedd e wedi disgwyl y fath wahoddiad gan fenyw fel Jos. Athrawes. Menyw barchus mewn sawl ffordd. Yn amlwg, roedd mwy i hon na marcio llyfrau!

"Iawn," meddai Warren, "'wy'n deall beth s'da ti!"

"Grêt," meddai Jos yn sychlyd braidd, "Wyth o'r gloch. Paid â bod yn hwyr. A phaid â gweud wrth neb. Ti'n deall, y dyn handi?"

Dangosodd Warren res o ddannedd gwyn wrth wenu'n llydan. "Dim problem," meddai cyn diffodd y ffôn.

Wrth iddo droi i egluro i'w frawd fod Jos am ei gyfarfod unwaith eto, daeth sgrech o gyfeiriad Clembo yn y cefn.

"O-ow!"

"Beth?" holodd Cranc gan arafu'r car.

"Ma rhywun tu fas i fflat Warren yn disgwl amdanon ni."

"Pwy?" holodd Warren. " Gad i fi weld."

Edrychodd Warren drwy'r ffenest yn ofalus gan ddisgwyl gweld Bi. Ond nid Bi oedd yno. Mr and Mrs Pritchard a safai yno. Perchnogion Hen Fenyw Fach Carno.

"Dreifa heibo, Cranc," meddai Warren. "Dreifa heibo fel y diawl!"

"Ocê, ocê," meddai hwnnw wrth i Warren a Clembo guddio'u pennau, drwy suddo'n ddwfn i'w seddi.

"'Wy'n aros 'da ti heno," meddai Warren wrth Cranc.

"Fi 'fyd," meddai Clembo.

"'Wy'n byw mewn bedsit, bois, a sdim gobeth 'da ni i gyd ffito yn yr un gwely," meddai Cranc yn ddiamynedd.

"Gei di gysgu ar y soffa," meddai Warren wrth Cranc ac i ffwrdd â'r tri.

"Ody Hen Fenyw Fach Caerdydd yn werth lot, 'te?" holodd Clembo gan lyncu'i boer. Roedd e'n llawn sylweddoli mai fe oedd yn gyfrifol am y ffaith eu bod nhw yn y cach yn yr achos hwnnw hefyd.

"Hen Fenyw Fach Carno!" meddai Warren. "Faint o weithie sy'n rhaid i fi weud 'tho ti? Ac ody, Clembo, mae'n ofnadw o werthfawr. Mae'n costo miloedd. Sa i'n gwbod lle ni'n mynd i ga'l gafel ar shwt arian."

"Ni yn y cach go iawn tro 'ma, nag'yn ni?" holodd Clembo'n betrus.

"Odyn," meddai Warren.

"Sa i'n gweld y pwynt o weud 'na, Warren," meddai Cranc. "'Y'n ni wastad yn ffeindio rhyw ffordd mas o bob trwbwl."

"Odyn," meddai Warren, "ond so ni eriôd wedi gorfod delio â chymaint o gwynion o'r blân."

"Wel, ti'n gwbod beth o'dd Dad yn arfer gweud pan o'n ni'n fechgyn bach, 'yn dwyt ti?"

"Nagw," meddai Warren.

"O'dd e'n arfer gweud, drafeilith amser drw bopeth, gwboi."

Wrth i Warren glywed y geiriau hynny, daeth atgofion yn ôl drosto fel ton. Gallai bron iawn glywed ei dad yn dweud y geiriau hynny. Doedd e ddim wedi meddwl am y dywediad ers degawdau.

"Ie," meddai Warren, "'wy'n cofio rhywbeth."

Dringodd y car bach y rhiw lan i'r tai cownsil a gwthiodd y tri i mewn i stafell fach Cranc.

* * *

Yn y Cartref eisteddai Warren gan syllu ar ei dad. Doedd dim arwydd o fywyd yn ei lygaid, ond roedd e'n dal i anadlu. Edrychai'r nyrs arno o gornel yr ystafell. Nyrs fach bert hefyd, chwarae teg.

"Mae e'n lico gwylio unrhyw raglenni y bydd Anne Robinson yn eu cyflwyno, on'd y'ch chi, Capten?"

Capten? meddyliodd Warren, ond ddwedodd e 'run gair. Roedd mwy o hawl gan hon i siarad gyda'i dad nag oedd ganddo fe erbyn hyn. Doedd e ddim wedi ymweld ag e ers... wel, doedd e ddim yn gallu cofio a dweud y gwir.

"Anne Robinson, ife?" holodd Warren. "Sa i'n ca'l lot o amser i wylio'r teledu y dyddie hyn." Edrychodd ar ei dad, gan obeithio gweld rhyw fath o ymateb. Dim byd o gwbl. Gallai weld fod olion y strôc a gawsai'n go ddiweddar yn amlwg ar ei wyneb. Roedd ei wefus wedi cwympo ar yr ochr chwith, a phoer wedi cronni yn y cornel.

"'Wy'n gweld Bev a Carl bob dydd bron iawn," meddai Warren, gan frwydro ymlaen. "Mae Bryn Bach yn tyfu bob dydd. 'Wy'n meddwl falle bydd e'n whare rygbi i Gymru yn y diwedd."

"A'ch gwraig chi?" holodd y nyrs wrth iddi blygu tywelion ar gadair fach yn yr ystafell deledu.

"Sdim gwraig 'da fi," meddai Warren, "dim 'to, ta beth." Trodd at ei dad. "'Wy'n gwitho'n galed ar y peth, Dad. Ocê?"

Gwenodd y nyrs. "Mae e'n clywed popeth, ac yn deall 'fyd. Sdim ishe i chi fecso am 'na."

"Reit," meddai Warren. "Lle ma'r lleill i gyd 'te?" Edrychodd o amgylch yr ystafell deledu a sylwodd ar ddrewdod rhyfedd y Cartref.

"Ma lot ohonyn nhw ar drip heddi. Yr Ardd Fotaneg. Ma'r high dependencies yn yr ystafell arall," meddai hi'n blwmp ac yn blaen.

Ceisiodd Warren siarad am ychydig yn hirach, ond roedd yr ymdrech yn ormod iddo. Eglurodd wrth y nyrs fod yn rhaid iddo fynd yn ôl i'r gwaith, a chyn iddo adael syllodd ar ei dad.

"Chi'n cofio, ro'ch chi'n arfer gweud, 'drafeilith amser drw bopeth, gwboi'? O'dd e'n wir pan golloch chi Mam, siŵr o fod."

Syllodd Warren ar ei dad, gan ymbil am rywfaint o ymateb. Syllodd yn galed i mewn i'w lygaid. Am eiliad, roedd e'n siŵr iddo weld rhyw symudiad, rhyw arwydd, ond gwyddai'n iawn taw dychmygu'r peth roedd e. Yn gobeithio'i fod e'n gallu gweld rhywbeth, yn hytrach nag *yn* ei weld e go iawn.

Wrth iddo adael y Cartref, llanwodd ei lygaid â dagrau. Canodd ei ffôn. Doedd dim rhif ar y sgrin. Gwaith, meddyliodd. Yna, dechreuodd chwysu. Mae'n bosib mai Bi oedd yno, neu Castrati, neu Mr a Mrs Pritchard. Dechreuodd deimlo'n fyr ei anadl a stwffiodd y ffôn yn ôl i boced ei drowsus. Crynodd y ffôn wedyn, ac wrth iddo wneud teimlai Warren wefr ryfedd yn treiddio i fyny ei goesau. Cofiodd ei fod wedi trefnu i ymweld â Jos heno yn yr ysgol. O leia roedd un peth yn ei fywyd yn symud i'r cyfeiriad iawn. Ar ôl tipyn, tawelodd y ffôn, ond o fewn dim daeth cryndod arall. Un mwy pendant y tro hyn. Roedd rhywun wedi gadael neges.

Gwasgodd Warren y botymau perthnasol ar ei ffôn er mwyn cael clywed y neges. Roedd e'n becso'n fawr beth fyddai'n ei glywed. Ond, o leia dyw neges ffôn ddim yn gallu ateb yn ôl, meddyliodd.

"Warren! Dai sy 'ma." Gwenodd Warren. Dyna sypreis neis! "'Wy yn y Ceff. Ffono gyda newyddion yf fi. Ma Mrrr

Prrritcharrrd newydd fod i mewn arrr yrrr ochrrr rrrong i'r barrr."

Ceisiodd Warren ei orau glas i beidio â meddwl ymhellach na'r hyn roedd Dai newydd ei ddweud. Doedd pethau ddim yn argoeli'n dda.

"Glywes i fe'n siarrrad gyda Tim sy'n helpu mas yn y barrr withe – o'n i'n ame bod e'n whilo amdanot ti. Ond na, do'dd e ddim yn whilo amdanot ti. Holes i Tim beth oedd e'n moyn. Dybl wisgi oedd e'n moyn, byt. O'n nhw wedi bod â Hen Fenyw Fach Caerrrffili i mewn i ga'l 'i fficso borrre 'ma, a wedodd yrrr arrrbenigwrrr taw 'fake' o'dd hi. 'Fake' yw hi, War, ti'n clywed? 'Fake'. Un peth yn llai i fecso amdano. A weda i rrrhwbeth arrrall trrra 'mod i arrr y ffôn. Darrrts. Wyt ti wedi me...." BÎP.

Daeth yr alwad i ben, a'r pay-phone yn y Ceff yn amlwg wedi llyncu'r arian heb i Dai Ci Bach sylweddoli. Doedd Warren ddim yn siŵr iawn beth i'w wneud. Chwarddodd am eiliad cyn gwthio'r ffôn yn ôl i'w boced. Wel, wel, wel! Hen Fenyw Fach Caerffili. Hen Fenyw Fach Caerdydd. Hen Fenyw Fach Carno. Beth bynnag o'dd ei henw hi, beth bynnag o'dd pobol yn galw'r hen beth, doedd hi'n werth dim.

Diolch i bwy bynnag sy'n gofalu amdana i lan fan 'na, meddai Warren, cyn dawnsio at y car. Roedd y cloc yn tician, a'i noson o ramant a chamfihafio gyda Jos yn prysur nesáu.

* * *

Crys gwyn a blewiach ei frest yn pipo mas rhwng y botymau. Hanner potel o afftyrshêf a dwylo glân. Roedd Warren wedi gwneud ymdrech arbennig heno 'ma. Llanwai ei gorff â chyffro. Roedd e wedi cael rhyw argraff y byddai hi wedi'i gwisgo fel merch ysgol. Wedi'i stwffio i mewn i'w boced ôl roedd hen dei ysgol.

Roedd hi'n noson braf hefyd, a'r haul yn gynnes ar ei ben moel. Tynnodd ei law dros ei ên. Oedd, roedd e wedi siafio'n ofalus ac wedi llwyddo osgoi torri cwt hefyd. Byddai yn yr ysgol ymhen dim. Clembo oedd yr un i ymateb gyda'r mwyaf o ryddhad wedi clywed am newyddion Hen Fenyw Fach Carno. Bu bron iddo lewygu yn y fan a'r lle. Yna rhoddodd goflaid enfawr i Warren, a fynte ddim yn siŵr iawn beth i'w wneud wedyn.

"Gwin!" gwaeddodd Warren yn sydyn wrth iddo gerdded i lawr y stryd. Roedd e wedi anghofio prynu potelaid o win. Trodd yn ôl tuag at siop y pentref a cherdded ychydig yn gynt hefyd, er mwyn gwneud yn siŵr na fyddai'n cyrraedd yn hwyr.

Wedi rhai eiliadau, cyrhaeddodd y siop. I mewn â fe'n hyderus, ond suddodd ei galon wrth iddo weld pwy oedd yno'n sefyll o'i flaen. Yno'n floneg i gyd safai Bronwen. Bronwen fawr. Bronwen beryglus. Cerddodd Warren heibio iddi gan geisio peidio edrych arni, ond dilynodd Bronwen ei hysglyfaeth.

"Paid â meddwl bo ti'n galler dianc."

"Sa i'n moyn siarad 'da ti heno," meddai Warren yn sychlyd.

"Wel, sdim dewis 'da ti. Achos 'wy ishe siarad gyda ti. Be sy'n mynd mlân gwed? Ma Castrati'n ffono bob dydd bron iawn. Ma golwg y diawl ar Bi. 'Wy'n meddwl falle neith e'ch lladd chi cyn bo hir, os na watsiwch chi."

Trodd Warren tuag ati ac yntau'n sefyll yn ardal y jam a'r marmalêd. "Os nag o's ots 'da ti, 'wy'n trial prynu poteled o win."

"Gwranda 'ma, Warren, 'wy'n gweud 'tho ti, ti'n whare gêm beryglus iawn. Smo Bi'n hapus. Ddim o gwbl. Byddi di heb jobyn wthnos nesa ar y rât hyn. Neu byddi di heb goese. Naill ffordd neu'r llall, dyw e ddim yn newyddion da."

Gwenodd Warren yn rhadlon cyn poeri'i gynddaredd yn dawel. "Ond Bronwen, o'n i'n meddwl bo ti a fi'n deall 'yn gilydd? Ti'n mynd i edrych ar 'yn ôl i achos 'wy'n gwbod pethe amdanot ti. Pethe alle golli lot mwy i ti na dy goese."

Llyncodd Bronwen ei phoer a gwthio'i bronnau enfawr

tuag at Warren. Nid mewn ymgais i'w ddenu ond, yn hytrach, eu defnyddio nhw fel arfau mewn rhyfel.

"Sa i'n whare'r gêm 'ma rhagor. Dyw hwn ddim byd i neud â 'mywyd personol i. Siapa dy stwmps a sorta'r holl fusnes hyn 'da Castrati, neu weda i rai pethe wrth Bi fydd yn golygu dy fod ti mewn cader olwyn am weddill dy o's."

Wrth i Bronwen stompio'i ffordd o'r siop, crwydrodd Warren at y gwin a gafael mewn potelaid yn gyflym. Doedd e ddim yn poeni'r un iot am Bronwen. Doedd ei bygythiadau gwag hi'n golygu dim iddo. Wedi'r cyfan, roedd ganddi hi lot fawr yn fwy i'w golli nag oedd ganddo fe. Gwthiodd ei ffordd tuag at y cownter, talu, a throi ar hast am yr ysgol.

* * *

Wrth i Warren gyrraedd sylwodd fod goleuadau ystafell Jos wedi'u diffodd. Teimlai'n lwcus iawn, a gwyddai fod pethau cyffrous iawn o'i flaen. Penderfynodd ddiffodd ei ffôn symudol am y tro, cyn ei wthio'n frysiog i'w boced. Roedd Warren yn bwriadu mwynhau pob eiliad o'r noson hon heb i unrhyw rwystrau ddifetha ei hwyl.

Cerddodd tuag at y giatiau rhydlyd a llwybreiddio'n slei tuag at y fynedfa. Wrth gerdded i mewn i'r ysgol, cofiodd am y tro cyntaf iddo ddod i weld Jos yn yr ysgol. Roedd pethau'n wahanol iawn erbyn hyn.

"Stopia!" Clywodd Warren lais y tu ôl iddo. "Paid â troi rownd," meddai'r llais. Jos oedd yno.

Gwenodd Warren. "Iawn, Miss, beth bynnag y'ch chi'n gweud."

Clywodd Warren esgidiau sodlau uchel yn tapio'u rhythmau ar lawr y neuadd cyn teimlo bysedd cynnes ar ei dalcen. Rhwymwyd rhyw fath o glwtyn dros ei lygaid.

"Mae angen i chi gael eich cosbi am fod yn fachgen drwg," meddai'r llais, a chwarddodd Warren.

"O'n i'n meddwl y byddet ti'n gwisgo fel merch ysgol, nage fel prifathrawes."

"Peidiwch â siarad yn haerllug," meddai Jos gan dynnu ei hysglyfaeth gerfydd ei benelin tuag at ei hystafell hi. "Ydych," ychwanegodd Jos, "rydych chi wedi bod yn fachgen drwg iawn. Wedi twyllo."

"Twyllo?" meddai Warren yn ddiniwed ac yn chwareus. "Naddo, Miss, 'wy'n addo, 'wy'n fachgen bach da. 'Wy hyd yn oed wedi dod â gwin i chi."

Dilynodd Warren ei brifathrawes â gwên lydan ar ei wyneb. Oedd, roedd e'n ddall gyda'r bleindffold am ei lygaid ond teimlai'n hollol ddiogel yng nghwmni Jos. Roedd ei gorff yn ysu amdani. Doedd neb wedi gwneud unrhyw beth mor gyffrous iddo yn ei fywyd o'r blaen.

"Ishteddwch yn fan 'na," meddai Jos yn awdurdodol.

"Wrth gwrs, Miss," meddai Warren gan deimlo'i hun yn cael ei wthio i gadair fechan.

"Gadewch i mi'ch clymu chi'n dynn," meddai Jos gan glymu rhaff o amgylch Warren a'i hoelio'n sownd yn y gadair. Gallai Warren deimlo gwefrau rhywiol yn neidio drwyddo.

"Miss, ga i fynd i'r tŷ bach?" holodd Warren gan lyfu'i wefus heb sylweddoli ei fod yn gwneud hynny.

"Na chewch, y bachgen drwg, mae'n hen bryd i chi dalu am beth ry'ch chi wedi neud."

Piffian chwerthin wnaeth Warren. Symudodd Jos yn ôl o'r gadair ac am eiliad fach teimlai Warren rywfaint yn ansicr.

"Jos? Wyt ti'n dal 'na?"

Tawelwch.

"Jos?" Oedodd Warren am eiliad a cheisio gwrando ar ei hanadlu.

"Ydw," meddai Jos, "'wy'n dal yma."

"A 'wy yma hefyd," meddai llais arall.

Trodd Warren ei ben i'r ochor fel ci, gyda'r bleindffold yn dal dros ei lygaid.

"Pwy?" holodd gan geisio edrych er na allai weld dim. Roedd e'n siŵr iddo glywed llais menyw arall.

"Fi," meddai'r llais. Llais Gwenda.

"A fi hefyd," meddai Sue.

"Sue?!" gwaeddodd Warren mewn braw. "Beth ti'n neud 'ma?"

"Dod i weld y bachgen drwg ydw i," meddai Sue.

"A finne 'fyd," meddai Gwenda'n dawel.

"Gwenda?! Beth sy'n mynd mlân 'ma?" Teimlai Warren bob cyhyr yn ei gorff yn tynhau. Teimlai'r chwys yn arllwys o'i gorff. "Jos? Wyt ti dal 'na? Beth yw ystyr hyn i gyd?"

Safodd Jos gyda'r ddwy arall, eu breichiau wedi'u plygu o'u blaenau. Gwenodd Jos wrth i ryw ddedwyddwch lifo drosti. Roedd hi'n hen bryd i'r bachgen bach o dincer gael ei gosbi.

* * *

Rhwygodd Jos y clwtyn oddi ar wyneb Warren a syllu i fyw ei lygaid.

"'Wy 'di dod â chwmni i'r parti. Gobeithio bod dim ots 'da ti."

Syllodd Warren ar Jos â'i lygaid ci bach, gan geisio'i orau glas i wneud iawn am ei holl dwyllo.

"Alla i egluro," meddai Warren gan geisio'i ryddhau ei hun.

Symudodd Jos o'r neilltu, a daeth Gwenda a Sue i'r golwg. Safai'r ddwy ymhellach i ffwrdd, wrth ymyl y ffenestri. Roedden nhw wedi'u gwisgo mewn du, ac yn edrych fel petaen nhw'n barod i ladd rhywbeth neu rywun.

"Egluro?" meddai Gwenda. "Egluro beth yn gwmws, hm? Egluro dy fod ti wedi rhoi tennyn ci i fi mewn camgymeriad er 'mod i'n disgwl rhwbeth llawer mwy secsi a rhamantus?"

"Fi gafodd y dillad isha yn 'tife, Dyn Handi?" meddai Sue yn ei llais common.

"Alla i egluro popeth; nid 'y mai i yw hyn i gyd."

Gwenodd Gwenda cyn taflu'i phen yn ôl a chwerthin. "O, reit? Bai pwy 'te, hm? Ein bai ni?"

"Nage," meddai Warren. Roedd hyn yn hunlle pur. Wrth geisio egluro neu wneud esgusodion wrth un, byddai'n siŵr o wneud ffŵl ohono'i hunan o flaen y lleill.

"Sa i wedi gorffen 'da ti 'to," meddai Gwenda a syllodd Sue a Jos arno'n gynddeiriog.

Llanwodd llygaid Gwenda â dagrau. Roedd hi'n amlwg yn ei chael hi'n fwy anodd i fod yn greulon wrtho nag roedd hi wedi'i ddisgwyl. "O'n i'n meddwl taw anrheg i fi o'dd Eurwyn Wallace? Ci bach o'dd fod yn ffrind i William Eithin?"

Llyncodd Warren. "Dyna beth o'dd e."

"O'n i ddim yn deall dy fod ti'n meddwl dy fod ti wedi lladd Eurwyn Wallace a taw chwilio am gi bach i'w roi yn ei le fe wnest ti."

"Dim dyna ro'n i'n ei neud!" meddai Warren gan lyncu'i gelwydd ei hun.

"'Na pam ddest ti i'r siop ata i," meddai Sue. "'Na shwt nethon ni gwrdda, gwboi."

"Wedes i ddim 'mod i wedi lladd ci," meddai Warren wrth Sue, "jyst gweud 'mod ishe ci 'nes i."

"O't ti'n despret ishe ci, y jiawl bach," meddai Sue. "A 'wy 'di gweld yr olwg 'na ar wynebe dynion ers blynydde. Golwg gilti. Golwg wedi neud rhwbeth o'i le."

Edrychodd Warren ar y nenfwd. Doedd dim iws ceisio dadlau, roedd y tair wedi bod yn trafod hyn oll gyda'i gilydd. Wedi bod yn creu rhyw gynlluniau, ac roedden nhw'n hollol benderfynol o'i gladdu fe yn ei fedd.

"Ocê. Iawn. 'Wy'n hen gi. Nawr gadwch fi fynd, newch chi? Sdim rhaid i chi 'ngweld i byth 'to."

Chwarddodd Sue, gan edrych yn denau, denau gan ei bod hi'n sefyll nesaf at Gwenda. "Sa i wedi dechre 'da ti 'to, gwboi."

Bu bron i Warren sgrechen yn y fan a'r lle. Roedd hyn fel rhyw fath o chinese torture.

"O'dd Gwenda'n sôn bo ti'n meddwl 'mod i a Damo yn gomon."

Cododd Warren ei ben a syllu ar Gwenda. "Wedes i ddim o 'na."

"Do," meddai Gwenda, "do, 'nest ti."

Trodd Warren ei olygon at Jos, gan erfyn arni gyda'i lygaid. Roedd golwg bell yn ei llygaid hi, a'r ddwy arall yn amlwg wedi cymryd at yr awenau. Roedd e'n wir ei fod e wedi twyllo'r tair. Ond doedd e ddim yn teimlo'n euog am dwyllo Gwenda na Sue. Wedi'r cyfan, menywod priod oedden nhw. Menywod oedd yn gwybod yn iawn beth roedden nhw'n ei wneud. Yr unig berson roedd e'n teimlo'n euog yn ei chylch oedd Jos. Doedd hi ddim wedi gwneud unrhyw niwed i neb. Ciciodd ei hun. Fe ddylai fod wedi gwneud yn siŵr fod Sue a Gwenda yn gwybod ei fod e wedi gorffen potsian gyda nhw cyn symud ymlaen at Jos. Jos fach. Jos bert.

"Odych chi'n mynd i 'ngadel i'n rhydd nawr?" holodd Warren gan gasáu'r ffaith taw nhw oedd yn rheoli'r sefyllfa.

"Wyt ti'n gofyn o ddifri," holodd Gwenda a'i llygaid hi'n dal yn llawn dicter, "ar ôl popeth 'yt ti 'di neud i ni?"

Gwenodd Warren yn gam. Falle ddim.

"O na, y dyn handi, ma 'da ni un sypreis bach arall i ti fel mae'n digwydd."

Caeodd Warren ei geg yn dynn a cheisio peidio meddwl gormod. Roedd y dychymyg yn siŵr o feddwl am bethau gwaeth na'r hyn oedd ar fin digwydd mewn gwirionedd.

"Ry'n ni wedi dod â thri hen ffrind i dy weld di," meddai Gwenda. Hi oedd i fod cyflwyno'r gosb, mae'n amlwg. Hi oedd yn dal y rhaff, yn barod i'w grogi.

"Beth sy'n wa'th na thri ci mewn stafell 'da'i gilydd?" holodd Gwenda gan gerdded at stordy Jos.

Doedd dim modd i Warren dynnu anadl am eiliad.

"Tri ci sy heb fyta ers tridie," meddai hi gan syllu ar Warren.

"Beth?!" holodd Warren yn wyllt wrth edrych ar Jos a'i lygaid yn ymbil yn daer arni. "Chi 'di mynd yn wallgo. Chi'n boncyrs!" Poerodd y geiriau atynt.

"William Eithin. Eurwyn Wallace. A Doberman du Damien Darts."

Saethodd llygaid Warren i gyfeiriad y stordy. "So chi o ddifri? Odych chi?"

Troediodd Sue tuag at Warren gan estyn rhywbeth o'i phoced. Bwyd ci. Darnau o fwyd ci sych. Dechreuodd eu stwffio nhw'n afreolus i lawr ei grys.

"Paid!" protestiodd. "Allwch chi ddim â gneud 'na, neu byddan nhw'n 'y myta i'n fyw."

"Dyna'r gobeth," meddai Sue gan boeri'i geiriau unwaith eto dros Warren.

Safai Jos yn ei hunfan gan syllu i'r gwagle.

"Jos. Plîs, Jos! Alli di byth â gadael iddyn nhw neud hyn."

Syllodd Sue arno wrth osod y bwyd ci iddo yn y mannau priodol am eiliad.

"Ecsciws mi? Ni'n tair sy 'di penderfynu gneud hyn heddi. Ni'n tair. 'Da'n gilydd. Wedyn, sdim iws i ti ddechre gofyn i un ohonon ni am faddeuant. Mae'n rhy hwyr i 'ny."

Gwaeddodd Gwenda o'r gornel bella. "Ga i adael nhw'n rhydd nawr, Sue?"

"Na chei!" meddai Warren yn gadarn. "Meddyliwch am y drafferth gewch chi 'da'r heddlu am hyn. Gewch chi garchar!"

"A?" meddai Sue gan edrych yn oeraidd, a bron yn frawychus yng ngoleuadau afiach o wyn yr ystafell ddosbarth.

Ar ôl iddi orffen, sleifiodd Sue tuag at y stordy ac agorodd Gwenda a hithau'r drws gan afael yn nhennyn y tri ci. Daeth y tri o'u cuddfan. Mae'r merched 'ma'n boncyrs, meddyliodd Warren. Mae'r cŵn yma. Maen nhw actiwali wedi dod â'r cŵn…

"Ewn ni at y drws," meddai Gwenda gan egluro wrth y ddwy, "ac wedyn gadwn ni'r cŵn… yn rhydd wrth gloi'r drws ar ein holau."

"Allwch chi byth â neud 'na!" meddai Warren yn despret. "Bydd Cranc yn dod i whilo amdana i."

"Wel, neith e ddim ffindo lot ohonot ti," meddai Gwenda.

"Darne bach o gig fydd ar ôl, falle," meddai Sue.

"Os taw dim ond un darn bach o gig fydd ar ôl," gwenodd Gwenda'n chwerw, "'wy'n gwbod pa ddarn fydd hwnnw."

Chwarddodd y ddwy. Aeth Jos atyn nhw, "Pidwch â gadel y cŵn yn rhydd," meddai hi'n dawel. Anwybyddodd y ddwy arall ei chri.

"Pidwch â gadel y cŵn yn rhydd," meddai eto, "'wy'n gwbod 'mod i 'di cytuno 'i fod e'n syniad da ond..."

Syllodd y ddwy arall arni. Roedd y Doberman yn sgyrnygu ac yn gwynto'r awyr yn barod.

"Gadwch e i stiwo 'ma, dros nos os y'ch chi ishe. Mae e'n haeddu 'na. Ond pidwch â gadel y cŵn yn rhydd."

"Ti off dy ben?" meddai Sue. "Ti 'di mynd yn sofft! So ti'n cofio beth mae e 'di neud i ni?"

"Odw," meddai Jos, "ond cerwch â'r cŵn o 'ma."

Cochodd Gwenda wrth weld ei chynllun yn dadfeilio. "*Fe* whalodd 'y mhriodas i," llefodd.

"Dy ŵr di whalodd dy briodas di," meddai Jos, "ychwanegu at y mès nath Warren."

Syllodd Warren yn gegrwth wrth wrando ar y ddadl. Roedd fel petai'r dair wedi anghofio am eiliad ei fod e yno.

Edrychodd Gwenda ar Sue gan ddisgwyl cefnogaeth.

"Wel, technically, ma 'na'n wir. O'dd dy ŵr di 'da honna ers oesoedd, yn dodd e?"

Dechreuodd Gwenda wylo. "Alla i ddim â chredu 'ch bo chi'n gweud hyn. Ar ôl popeth 'wy 'di bod drwyddo fe."

Mentrodd Sue tuag ati i'w chysuro wrth i wylo Gwenda droi'n nadu uchel. Rhoddodd fraich amdani.

"Dere mlân, Gwenda. Paid â neud hyn nawr. Ni yng nghanol pethe."

"So ni yng nghanol dim byd," meddai Jos yn benderfynol. "'Wy'n credu ein bod ni jyst â gorffen. Adwn ni fe 'ma." Syllodd yn flin ar Warren oedd yn chwys domen yn ei gadair, cyn troi'n ôl at Gwenda a hithe'n edrych yn druenus, "ac ewn ni â ti adre."

Diflannodd y tair drwy'r drws gan syllu'n aflan ar Warren wrth fynd. Daeth llaw fach Jos yn ôl i mewn i'r ystafell am eiliad cyn iddi gau'r drws. Diffoddodd y golau ar Warren, a bu tywyllwch.

* * *

Mae'n rhaid iddo fod yn eistedd yno ers oriau, yn hepian cysgu, cyn deffro a chofio'r fath bicil roedd e ynddo unwaith eto. Breuddwydion rhyfedd gafodd Warren. Breuddwydio am Jennie gyda thennyn ci o amgylch ei gwddf yn dod tuag ato cyn bygwth ei gnoi. Breuddwyd am Dai Ci Bach wedyn, yn chwarae darts yn erbyn Gwenda cyn cwympo'n farw ar lawr y Ceff. Roedd e ar fin cwympo'n ôl i gwsg chwyslyd arall pan glywodd rhywbeth yn symud. Sŵn drws yn cau. Sŵn traed. Nid sŵn esgidiau sodlau uchel. Oedodd. Ceisiodd beidio anadlu wrth wrando. Dechreuodd ei galon bwmpio'n galed. Efallai mai Sue oedd yno, wedi dod yn ôl mewn pâr o dreinyrs â chyllell yn ei llaw.

Daeth y sŵn yn nes. Sŵn adleisio rhyfedd i lawr y coridorau. Yna, yn sydyn, heb unrhyw rybudd, agorodd drws yr ystafell.

"Pwy sy 'na?" Saethodd y geiriau o geg Warren, a theimladau o fraw yn symud drwy ei holl gorff.

Dyma rywun yn cynnau'r golau.

"Fi sy 'ma."

Syllodd Warren i fyny. Wrth gwrs. Yr unig un oedd ag allwedd i'r lle. Jos. Roedd golwg wedi ymlâdd arni, a'i llygaid hi'n goch, goch.

"Jos," meddai Warren, "diolch i Dduw!" Roedd ei galon yn dal i bwmpio'n wyllt.

Cerddodd tuag ato cyn pwyso i lawr a dechrau rhyddhau'r rhaffau oedd yn ei ddal e'n sownd wrth y gadair. Gwisgai dracwisg borffor a threinyrs bychan bach.

"Diolch," meddai Warren, "diolch i ti."

Aeth y lle'n dawel am eiliad ac yna rhyddhaodd Warren. Cododd yntau ar ei draed, bron iawn yn methu credu ei fod e'n rhydd. Dim ond am ryw bum awr roedd e wedi bod yno, felly duw a ŵyr sut roedd carcharorion rhyfel yn teimlo.

"'Wy'n sori am bopeth," meddai Warren.

"Fi 'fyd," meddai hi.

"Does 'da ti ddim byd i fod yn sori amdano."

"'Wy'n sori fod pethe ddim 'di gweithio mas. 'Wy'n sori nage ti yw pwy o'n i'n feddwl o't ti," meddai hi gan edrych arno heb yr un iot o emosiwn yn ei llygaid.

"Ond…" meddai Warren.

"Sdim byd arall i weud," meddai Jos. "Cer, cyn bod y nytars 'na'n dod 'nôl. O'n i ffaelu cysgu'n meddwl amdanot ti fan hyn."

"Diolch," meddai Warren unwaith eto.

"Fydden i byth 'di gallu madde i fi fy hunan tase rhwbeth wedi digwydd i ti."

Syllodd Warren ar y ferch ifanc a safai yno o'i flaen. Roedd hi mor dwt ac roedd yna olwg ddiffuant yn ei llygaid. Teimlai'n ofnadwy o grac, ac arno fe roedd y bai. Pam ei fod e wedi gwneud shwt fès o'i berthynas gyda hon hefyd? Merch hyfryd oedd Jos, merch fyddai wedi gallu ei wneud e'n hapus. Yn fwy na hapus.

"Ody hi'n rhy hwyr i ni?" holodd Warren yn hollol bathetig.

"Ody," meddai hi, "sori. Allen i byth â thrio ca'l fi fy hunan 'to i deimlo fel y gwnes i amdanot ti."

"'Wy'n dy lico di, Jos. Yn wahanol i fel ro'n i'n lico Sue a Gwenda. O'n i'n gweld pethe'n symud…"

Torrodd hi ar ei draws. "Pam 'nes ti shwt fès o bethe, 'te?"

Gafaelodd Warren yn y botelaid o win oedd ar y llawr a'i gosod ar ei desg. "Sa i'n disgwl i ti ddeall hyn, ond gwrddes i â ti ar ddiwedd cyfnod digon rỳff yn 'y mywyd i."

"Ti'n dishgwl i fi deimlo'n flin drosto ti?" holodd hi'n llawn dirmyg.

"Nagw. Ond beth 'wy'n trial gweud yw fod busnes Sue a Gwenda'n gamgymeriad. Yn gamgymeriad mawr. Ond erbyn i fi gwrdd â ti, ac unweth i fi ddechre mynd mas 'da ti, o'dd pethe 'da'r ddwy 'na wedi dod i ben."

"Do'n nhw ddim yn meddwl 'i fod e ar ben."

"Nagon. 'Wy'n gwbod. Achos 'nes i ddim gweud wrthyn nhw. A ma bai arna i."

Collodd Jos ei hamynedd. "Sdim iws i ti wastraffu dy anal, Warren. Dwi ishe mynd 'nôl i gysgu neu fydda i ddim mewn stad i allu dysgu bore fory." Cerddodd at y drws.

"'Wy'n galler deall bo ti ddim ishe grondo arna i," meddai Warren gan swnio fel petai wedi colli ei holl nerth, "ond 'wy'n gwbod 'mod i ddim wedi teimlo fel 'wy'n teimlo amdanat ti ers pan i fi fod 'da Jennie. Ond 'wy 'di cawlo pethe nawr, a 'wy'n deall 'ny. Ond ma'n drueni, achos 'wy'n gwbod y galle pethe fod mor wahanol."

Aeth Warren at y drws gyda Jos a cherddodd y ddau drwy'r ysgol yn dawel. Wrth iddyn nhw wneud, gafaelodd Warren yn ei ffôn yn ei drowsus a'i droi ymlaen. Wrth iddo gerdded ar hyd yr iard, teimlai gryniadau cyfarwydd y teclyn yn erbyn ei goes. Roedd rhywrai wedi gadael negeseuon iddo.

Gafaelodd Jos yn y gât a'i thynnu tuag ati.

"Cer di gynta," meddai hi, "mae'n rhaid i fi gloi."

"A na 'ni ife?" holodd Warren, heb arlliw o obaith yn ei lais. Roedd e'n gwybod yn iawn bod ei gadael hi wrth y giât yn act symbolaidd. Prin eu bod nhw'n mynd i weld ei gilydd rhyw lawer yn y pentref. Roedden nhw'n perthyn i ddau fyd gwahanol.

"Ie," meddai Jos yn bendant. "Sbo." Neidiodd y gair 'sbo'

i glustiau Warren.

"Sbo?" holodd yn obeithiol.

Edrychodd hi arno. Roedd e wedi derbyn yr abwyd, yr unig ran ohoni oedd ddim yn siŵr a fyddai hi'n gallu gadael i Warren fynd. Am ryw reswm, doedd hi ddim yn fodlon derbyn mai ci oedd e'n llwyr. Wrth gwrs, roedd hi'n ymwybodol hefyd ei bod hi wedi rhoi cyfleon fel hyn i gŵn yn y gorffennol. A chŵn oedden nhw hefyd, yn y diwedd. Ond naw wfft i hynny, efallai mai cymryd risg oedd prif bwrpas bywyd.

"'Wy'n gwbod y bydda i'n gweld dy ishe di."

"Ti'n deall nag o'n i'n anffyddlon i ti?" meddai Warren. "'Wy'n addo dechre o'r dechre'n deg 'da ti. Llechen lân. Dangos taw ti yw'r unig un."

Syllodd Jos arno'n ddirmygus. "Nage mewn opera sebon wyt ti nawr. Ma hyn yn digwydd go iawn. Sdim gwerth towlu addewidion gwag ata i."

"Ocê," meddai Warren, "gewn ni drial 'to? A gweld shwt eith hi?"

Syllodd Jos ar Warren am amser hir. Gwyddai y byddai ei hateb nesaf yn golygu mai hi, a hi'n unig fyddai'n gorfod derbyn y cyfrifoldeb pe na bai pethau'n gweithio mas rhwng y ddau. Hi fyddai wedi bod yn ddigon twp i'w adael e'n ôl i mewn i'w bywyd. Hi fyddai wedi bod yn ddigon naïf. Hi fyddai wedi anwybyddu'r holl arwyddion.

"Iawn," meddai hi o'r diwedd gan wenu'n betrus. "Ond paid ti â meiddio..."

Pe bai modd i Warren hedfan, byddai wedi gwneud ar y foment honno. Teimlai lawenydd di-ben-draw ar ôl dioddef noson o gaethiwed ac ofn.

"Ga i roi cusan i ti?" holodd Warren.

Syllodd Jos arno. Roedd rhywbeth rhyfedd o sensitif am y dyn hwn a'i ddwylo mawr.

"Iawn," meddai hi'n awdurdodol a phlannodd Warren gusan wlyb ar ei gwefusau.

"Iych," meddai hi, ac am eiliad roedd Warren yn siŵr ei bod wedi ei dwyllo i feddwl y byddai hi'n mynd yn ôl ato fe, er nad oedd unrhyw fwriad ganddi o wneud.

"Be?" holodd Warren a'i fochau'n goch.

"Fel hyn ro'n i moyn i ti neud," meddai hi gan wthio'i gwefusau'n araf yn erbyn ei rai ef. Cariodd ymlaen i'w gusanu, ac yntau'n ymateb yn rhadlon nes ei fod yn siŵr iddo gyrraedd y nefoedd. Yna, tynnodd ei gwefusau'n ôl yn araf a syllu arno'n rhywiol.

"Ma'n rhaid i fi fynd nawr," meddai hi, "cwsg yn galw."

"Iawn," meddai Warren mewn perlewyg.

"Ffonia fi," meddai hi cyn diflannu i ddüwch y nos.

Roedd gwên lydan ar wyneb Warren erbyn hyn, ac yntau'n sefyll yn llipa wrth ymyl wal yr ysgol gynradd mewn tywyllwch a thawelwch llwyr. Eisteddodd am eiliad fach i gael ei wynt ato gan sylwi fod y wawr ar fin torri. Faint o'r gloch oedd hi, felly? Roedd e fel petai wedi colli trac ar amser yn gyfan gwbl. Cofiodd am ei ffôn a gafael ynddo. Rhegai'r amser o'r sgrin werdd. Hanner awr wedi pump! Yn sydyn, dechreuodd côr o adar ganu'n gysglyd yn y coed a daeth y pentref yn fyw. Syllodd ar ei ffôn eto. Roedd neges destun gan Clembo yn aros amdano gyda'r BLE RWYT TI? mawr yn poeri'i unigedd. Neges ffôn-ateb oedd y llall. Tybed pwy oedd wedi gadael neges iddo? Gwasgodd y botymau pwrpasol a gwrando'n astud.

"Haia War." Bev oedd yno, gyda phryder yn ei llais. "Gwranda, 'wy'n sori i adel neges, ond 'wy'n teimlo falle bo' rhaid i fi. 'Wy newydd fod yn siarad gyda Gillian, chwaer Golden Pony, ac ma hi'n gweud fod pethe'n wael iawn rhwng Bi a Bronwen. Yn ôl y sôn, ma hi wedi gweud wrtho fe ei bod hi'n cael affêr. Ma ddi'n amlwg yn fenyw beryglus, War. So ddi'n saff 'da unrhyw gyfrinache. Bydd yn ofalus o hyn mlân. Rho ring i fi pan gei di'r neges 'ma, i ni ga'l meddwl beth yw'r peth gore i neud. Ond yn bersonol, a ma Cranc yn cytuno 'fyd, 'wy'n meddwl dylet ti 'styried gadel yr ardal am chydig bach. Lay low, fel ma nhw'n gweud. Rho ring."

Daeth afal adda Warren i'r golwg am yr ail dro mewn noson. Bronwen wedi cyfaddef wrth Bi ei bod hi wedi bod yn anffyddlon. Yr olwg wyllt oedd yn ei llygaid hi yn y siop. Doedd bosib y byddai hi'n dweud wrth Bi ei fod e, Warren, yn dda i ddim yn y gwaith? Doedd dim dewis ganddo ond derbyn ei bod hi wedi gwneud. Roedd hi'n hen bryd delio gyda'r busnes 'ma. Unwaith ac am byth.

* * *

Roedd y postman a'i fan ar yr hewl i gadw cwmni iddo, o leia. Cerddodd Warren yn frysiog at ei fflat gan gadw'i ben yn isel. Fyddai Bronwen ddim wedi cael cyfle eto i siarad gyda Bi. Gwyddai fod Bi yn un i fynd amdani go iawn os oedd e'n meddwl fod pobl yn camfihafio, neu ddim yn cyflawni'u dyletswyddau, ond y gobaith oedd nad oedd wedi clywed gair hyd yn hyn. Eto. Yr hyn a boenai Warren fwya oedd ei fod e'n gwybod yn iawn bod rhyw olwg wyllt yn llygaid Bronwen neithiwr yn y siop. Fyddai e'n synnu dim o glywed ei bod hi wedi ychwanegu rhyw gelwyddau at y crochan wrth egluro i Bi am Warren, yn ei hymgais i'w gael e yn y cach hefyd. Ac wrth gwrs, byddai'n siŵr o or-ddweud pethau amdano fel y gallai hi deimlo'n well oherwydd yr hyn a wnaeth hi.

Wrth i Warren gerdded i fyny'r dreif, sylwodd fod rhywun yn eistedd y tu allan i'r tŷ yn pwyso yn erbyn y wal. Pe bai modd iddo guddio y tu ôl i goeden byddai wedi gwneud. Ond roedd hi'n rhy hwyr. Roedd y person wedi'i weld. Pwy oedd yno? Roedd hi'n anodd gweld yn y gwyll.

"Hei, ti!" gwaeddodd y llais, cyn i'r person sefyll ar ei draed. Cawr o foi. Cawr o foi cyfarwydd. Damien Darts oedd yno, a doedd dim golwg rhy bles ar ei wyneb.

Shit, meddyliodd Warren. Ydy hwn yn gwybod popeth?

"Dere 'ma, gwboi, 'wy'n mynd i dy ladd di!"

Ydy, mae'n gwybod popeth, yn amlwg, meddyliodd Warren gan lyncu ei boer a thynnu llaw dros ei dalcen.

"'Wy'n gwbod beth ti'n meddwl ti 'di'i glywed," meddai Warren gan gerdded tuag ato, "ond ti 'di camddeall."

Gallai Warren weld ei wyneb yn glir erbyn hyn. Roedd Damien Darts ar fin neidio arno pan neidiodd rhywun arall o gyfeiriad cefn y tŷ – gŵr mawr hyll yr olwg gyda barf ddu a llygad du i fatsio. Bownser. Hit man. Duw a ŵyr sut un oedd e, ond roedd golwg ar y diawl arno.

"Warren!" gwaeddodd gan ddal polyn haearn enfawr yn ei law. "Ma Bi wedi danto 'da ti."

Dyma'r gŵr mawr gyda barf yn swingio'r polyn haearn i gyfeiriad Warren ac yntau'n ceisio'i orau i'w osgoi a meddwl ar yr un pryd am ryw ffordd o ddianc rhag hyn i gyd.

"Get lost!" gwaeddodd Damien Darts ar y boi gyda'r barf gan estyn i'w boced. Oedodd y boi barfog. "Fi o'dd 'ma gynta," meddai Damien, "wedyn fi sy'n mynd i ga'l y go cynta ar dorri 'i wyneb e'n rhacs."

"O ie?" holodd y boi barfog. "Wel, 'wy ar gontract liwcratif i ladd y diawl hyn," meddai gan bwyntio at Warren.

Safodd Warren gan wrando'n anghrediniol ar y sgwrs.

"A ti'n meddwl fod 'na'n ddigon o reswm i ga'l y pop cynta, wyt ti?" holodd Damien gan ddatgelu'r hyn y bu'n chwilio amdanyn nhw ym mhoced ôl ei drowsus. Tri dart hir a miniog yr olwg.

"Odw," meddai'r gŵr barfog mewn llais dwfn, "o's 'da ti reswm gwell?"

"O's," meddai Damien, "ma'r boi 'ma 'di bod yn shelffo 'ngwraig i."

Pesychodd y boi barfog. "Reit, 'wy'n gweld. Wel, ma hyn yn sefyllfa anodd," meddai gan edrych fel petai'n ystyried y peth yn ddwys am eiliad.

Safodd Warren yno a'i wyneb yn un wythïen enfawr. Pwmp, pwmp, pwmp. Gallai glywed ei waed yn pwmpio yn ei glustiau. I ble a' i o fan hyn? Be 'na i?

"Iawn," meddai'r boi barfog, "ma 'na'n ddigon teg. 'Wy'n hapus i ti ga'l go arno fe gynta, ond gad ddigon o bwff ynddo fe i fi ga'l go wedyn. Cyhyd â'i fod e'n farw erbyn i fi orffen 'da fe, sdim ots 'da fi."

Gwenodd Damien Darts gan ddal un o'i ddartiau i fyny a'i bwyntio at wyneb Warren. Yna, yn sydyn, gwgodd. Roedd y boi barfog yn pwyso'n jocôs reit yn erbyn wal y fflat erbyn hyn.

"Wel," meddai'r Barf, "pam ti'n aros? Bydd pobol y lle 'ma'n codi i fynd i'r gwaith, whap."

Gostyngodd Damien ei ddart. "Wedes ti dy fod ti'n mynd i'w ladd e," meddai Damien yn dawel.

"Do," meddai'r Barf, "a bydda i'n bygran off ar ôl gneud 'ny."

"Ond sa i'n moyn 'i ladd e," meddai Damien.

"Whare teg i ti," meddai Warren, gan deimlo ychydig bach mas o le wrth ymuno mewn sgwrs ynglŷn â'i lofruddiaeth ef ei hunan.

"Ca di dy geg!" taranodd Damien.

"Ocê. Sori," meddai Warren gan barhau i chwysu'n dawel. Gwyddai na fyddai o unrhyw iws iddo drio rhedeg i ffwrdd am y byddai hynny'n siŵr o neud pethe'n wa'th. Bydde'r ddau'n rhedeg ar ei ôl. Ei ddal. Ei ladd.

"'Wy ddim moyn iddo fe farw. 'Wy'n moyn iddo fe ddiodde am yn hirach. A ta p'un i, sa i'n moyn 'i wa'd e ar 'yn nwylo i. Dysgu gwers, 'na'i gyd 'wy am neud."

"Wel, 'wy ar gontract, a 'wy wedi addo y bydd e wedi marw erbyn naw o'r gloch y bore 'ma," meddai'r barfog yn bedantig.

Syllodd y ddau ar ei gilydd am eiliad yn llawn tensiwn, cyn i Damien weiddi. "Bygyr it, iawn. Free for all. Lladdwn ni'r diawl!"

Dechreuodd coesau Warren redeg heb iddo hyd yn oed benderfynu ble y gallai ddianc. I lawr y dreif ac at yr hewl. Wedi i'r Barf a Damien ddeall yn araf bach beth roedd eu hysglyfaeth nhw'n wneud, dyma nhw'n dechrau rhedeg hefyd. Wrth lwc roedden nhw'n cario tipyn mwy o bwyse na fe. Eto i gyd, ofnai Warren mai mater o amser fyddai hi cyn y bydden nhw'n ei ddal, ond byddai'n werth eu blino nhw gyntaf ta beth. Wedyn, fydden nhw ddim yn gallu gwneud gymaint o ddifrod i'w gorff. Dim cweit cymaint, o leia.

Gallai rhyw led-glywed sŵn eu traed nhw'n nesáu. Rhedodd a rhedodd, fel cath i gythraul. Rhedodd a rhegodd. Pam bod yn rhaid i bethau ddod i ben fel hyn? Gwibiodd wynebau ei deulu o'i flaen. Rhedodd. Wyneb Bev yn ei ben. Rhedodd. Wyneb Clembo yn ei ben. Rhedodd. Wyneb Dad yn ei ben. Rhedodd. Wyneb Jos. Rhedodd fel y diawl. Cranc. Roedd wyneb Cranc yn fyw yn ei feddwl. Clywodd sŵn wrth redeg. Sŵn car yn sgrialu ar yr hewl wrth ei ymyl. Trodd ei ben gan barhau i redeg cyn sylwi bod Cranc yn gyrru fan wen wrth ei ymyl ac yn gweiddi arno.

"Warren! Neidia i mewn!"

Arafodd y fan ac agorodd drws y cefen. Roedd Clembo yno'n wên o glust i glust. Gallai Warren weld fod Damien a'r Barf yn agos uffernol atyn nhw erbyn hyn.

"Glou!" gwaeddodd Cranc, nerth esgyrn ei ben. "Ma Damien ar fin towlu'r blydi dart!"

Bang!

I mewn â'r dart i gefn y fan wrth i Clembo lusgo'i dad dros dro i mewn i'r cerbyd a chau'r drws yn glep.

"Dreifa!" gwaeddodd Warren fel ffŵl gwirion. "Bant â ti!"

"I ble?" holodd Cranc.

"I Timbyctŵ! Sdim ots 'da fi. Ond rhwle'n ddigon pell o fan hyn, ta beth!"

I ffwrdd â'r fan wen gan adael y Barf a Damien yn rhegi ar ochr y ffordd a'r ddau allan o bwff yn llwyr.

"Diolch i'r drefen fod Bev 'di ffaelu cysgu. O'dd hi'n becso amdanot ti. Wedi ca'l hunllefe 'fyd. Halodd hi fi mas i dy nôl di. O't ti wir yn lwcus fan 'na, Warren," meddai Cranc o ffrynt y fan.

"'Wy'n gwbod," meddai Warren gan orwedd yn ôl ar lawr y fan, yn dal i geisio cael ei wynt ato. Wedi'r cwbwl, roedd blynydde ers iddo fe symud mor glou â 'na.

"Fues i eriôd mor lwcus. Nawr cer â fi'n ddigon pell o 'ma, glou."

Hefyd ar gael o'r Lolfa...

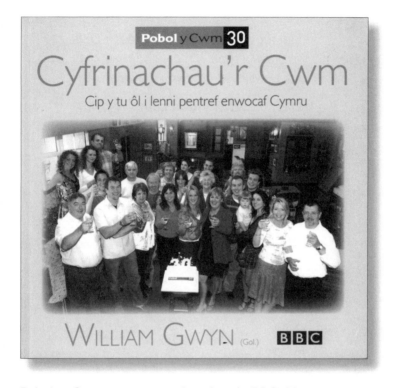

Pobol y Cwm yw opera sebon hyna'r BBC. Yma, am y tro cyntaf mewn un gyfrol, cawn atgofion gan rai o actorion amlycaf y gyfres. Ceir hefyd gyfoeth o ffeithiau difyr a throeon trwstan – danteithion i bob un o wylwyr ffyddlon y gyfres!

£4.95
ISBN 0-86243-745-8

Am restr gyflawn o nofelau cyfoes Y Lolfa,
mynnwch gopi o'n catalog rhad
neu hwyliwch i mewn i'n gwefan

www.ylolfa.com

lle gallwch archebu llyfrau ar lein

TALYBONT CEREDIGION CYMRU SY24 5AP
ebost ylolfa@ylolfa.com
gwefan www.ylolfa.com
ffôn 01970 832 304
ffacs 832 782